재미의 조건

재미의 조건

다음을 가능하게 하는
단 하나의 감각

류승완
×
지승호
지음

은행나무

추천의 말

〈부당거래〉로 인연을 맺은 그날부터 지금까지 오직 좋은 영화를 만들겠다는 일념으로 한결같이 살아온 류승완. 주위에선 "이제 좀 쉬어라" 말리지만, 그는 놋쇠 그릇을 벼리는 장인처럼 영화를 향해 끊임없이 자신을 채찍질합니다. 그 지독한 한결같음이 너무 부러운 동시에, 그의 카메라 앞에서 함께 숨 쉴 수 있다는 사실이 큰 영광이자 자부심이 됩니다. "관객에게 좋은 경험을 주고, 그저 괜찮은 영화 하나 더 만들고 싶다"는 이 책을 통한 그의 고백이 독자 여러분의 가슴에도 벅찬 울림과 위로로 닿기를 진심으로 소망합니다.

— 영화라는 외길을 함께 걷는 동지로부터, 배우 황정민

만난 지 10년이 훌쩍 넘어갔음에도 불구하고, 나는 아직도 그의 뒷모습이 익숙하다. 눈을 바라보는 것이 아직은 서툴고, 그의 입에서 나오는 언어들을 캐치하는 것도 때로는 역부족이라고 느낀다. 나는 그것이 그에 대한 오랜 '동경'에서 나오는, 절대로 따라잡을 수 없는 그의 위치와 기운 때문이라고 생각했는데, 이 책이 그 생각을 뒤집었다. 그는 여전히 부딪히고, 넘어지고, 일어서고, 생각하며, 다시 실행하고 있었다. 그의 영화에 등장하고 그와의 관계 안에서 그의 변화를 목도하며, 그의 생존을 지지하는 사람임에도 불구하고 아직도 내가 따라잡을 수 없는 건 그의 위치가 아니라 엔진이었다. 힘차게 돌아가는 그 엔진을 따라잡기에 나의 그것이 너무나 미지근하다는 것을 깨닫고 나는 당장에 내일도 그 뜨거운 뒷모습을 보며 발을 맞출 예정이다. 결국 그렇게 그에 대한 '동경'을 이어갈 것이라고 확신한다.

— **배우 박정민**

프롤로그

지금, 우리는 어디에 서 있는가

이 책은 류승완이라는 한 감독의 이야기를 넘어, 영화라는 예술이 앞으로 나아가야 할 길에 대한 탐색이다. 관객으로서, 그리고 인터뷰어로서 나는 오랫동안 류승완을 지켜보아왔다. 류승완은 늘 시대와 정면으로 마주했고, 그 안에서 자신만의 답을 찾아왔다. 그의 여정은 한 사람의 역사에 그치지 않는다. 한국 영화가 걸어온 궤적이자 앞으로도 부딪혀야 할 질문들의 집합이다. 우리는 지금, 영화의 본질과 미래를 다시 묻는 자리에 서 있다.

2016년 3월 9일부터 15일까지 서울의 포시즌스 호텔에서는 알파고와 이세돌이 세기의 대국을 벌였다. 정확히 말하면 대국 전에 이 행사를 세기의 대국으로 본 사람들은 없었다. 어느 원로 기사는 '이세돌이 너무 쉽게 용돈(상금 100만 달러)을 벌게 생겼다'는 논평을 할 정도였다. 그 후의 승부는 모두가 아는 대로다. 이세돌은 제4국에서만 불계승을 거두며 알파고에게 승리한 마지막 인간이 되었다.

알파고는 그 후 더 강해졌고, 세계의 바둑 고수들에게 연전연승을 거두다가 홀연 바둑계에서 은퇴(?)했다. 바둑 같은 복잡한 게임에서 AI가 인간을 이길 날이 쉽게 오지 않을 거라 믿었던 인간의 믿음은 산산조각이 되었다.

일반인들보다 바둑 기사들의 충격이 더 컸던 것 같다.

이세돌 기사는 자신이 믿고 있던 세계가 무너졌다며 은퇴를 선언했다. 소설가 장강명은《먼저 온 미래》라는 책에서 "나는 바둑계에 미래가 먼저 왔다고 생각한다. 2016년부터 몇 년간 바둑계에서 벌어진 일들이 앞으로 여러 업계에서 벌어질 것이다"라고 했다.

영화계는 그러한 변화의 최전선에 서 있는 업계다. AI 기술의 발달, 코로나19 이후 영화 산업의 급격한 변화, OTT의 등장으로 인한 극장의 위기, 그리고 새로운 관객 세대의 등장…. 우리 영화계는 지금 적지 않게 당황하고 있다.

"한국 영화가 위기를 넘어 궤멸 직전에 있다."

"극장 관객의 발길이 돌아오지 않는 뉴노멀에 직면했다."

"OTT는 영화계에 위험한 돈을 공급하고 있다."

"극장 영화는 더 이상 필수 소비재가 아닌 선택적 사치가 되었다."

영화계의 위기에 관해 수많은 말들이 넘쳐난다. 이러한 격변과 혼란, 위기 속에서도 류승완은 여전히 "좋은 영화"를 만들고 싶다고 말한다. 또한 그는 영화의 위기를 논할 때 가장 먼저 불리는 이름 중 하나이기도 하다. 〈서울의 봄〉을 연출한 김성수 감독은 류승완을 가리켜 "한국 영화의 파수꾼"이라는 칭호를 선사한 바 있다. 하지만 류승완은 이런 거창한 찬사를 크게 좋아하는 것 같지 않다(오히려 그 반대인지도 모르겠다). 다만 진지하게, 극장이 더 이상 특별하지 않다고 말하는 세대에게, 그리고 자신에게 '여전히 영화가 특별한가?'라는 질문을 던질 뿐이다.

"지금, 우리에게, 영화란 과연 무엇인가?"

이는 류승완이 그리고 우리가 다시 마주해야 하는 질문이다. 그 답을 찾고자 나는 류승완 감독과 여러 번 마주 앉았다. 그의 얼굴에는 늘 긴장과 열정이 함께 있었다. 말이 빠르고, 웃음도 크고, 때로는 질문을 던지는 나보다 더 깊은 질문을 스스로에게 던지곤 했다. 그래서인지 인터뷰를 끝내고 나면 늘 한동안 그 여운이 남았다.

한때, 거칠고, 날카롭고, 세상과 맞서는 듯 영화를 만들던 젊은 감독은 이제 시간과 함께 더욱 단단해졌다. "액션", "형제", "열정"만으로 불리지 않고 이제 "생존"과 "관계"를 이야기한다. 버티는 법, 살아남는 법을 익히며, 한국 영화의 중심에서 가장 오래 달리는 감독이 되었다. 빠르게 변하는 세상, 팬데믹이 극장을 흔들고, OTT가 영화를 집 안으로 불러들이고, 두 시간 동안 의자에 앉아 있는 일을 고통으로 여기는 젊은 관객들과 마주해야 하는 지금, 류승완은 과연 무슨 생각을 하고 있을까.

이 책은 한 감독이 어떻게 살아남았는지, 어떻게 동료를 대했는지, 어떻게 세계를 마주했는지, 그리고 왜 여전히 영화를 만드는지를 알아가는 여정이다. 나는 그와의 대화를 통해 시대의 흔적을 읽고, 동시에 나 자신을 돌아보았다. 독자 역시 같은 경험을 하게 되리라 믿는다.

지승호

차례

2장 관계

3장 변화

4장 생존

1장

본질

"누군가의 삶을 단 하루라도 진실되이 포착할 수 있으면
그는 최고의 작가가 될 것이다."

— 톨스토이Leo Tolstoy

아버지와 삼촌을 따라 영화관을 전전하던 어린 시절부터 지금까지, 평생을 영화에만 천착해온 류승완 감독은 영화의 본질을 '인간을 잘 관찰하고, 인간에 대해 끊임없이 고민하는 태도'라고 말한다. 최고의 작가란 결국 누군가의 삶을 진실되이 포착하는 사람이라는 톨스토이의 말과 자연스럽게 닿아 있는 대목이다.

류승완 감독을 오래 지켜본 사람이라면 누구나 느끼듯, 그의 작업에는 흔들리지 않는 어떤 '기본값'이 있다. 더 크고 화려한 확장을 도모할 수 있는 순간에도 그는 언제나 처음의 자리로 돌아가 묻는다.

"이게 정말 내가 만들고 싶은 영화인가?"

1장은 바로 그 질문이 만들어내는 여정의 기록이다. 이번 인터뷰에서 특히 선명하게 다가온 점은, 그가 말하는 '본질'이 추상적 미학이나 이론의 문제가 아니라 '앞으로도 살아남기 위한 가장 단단한 뿌리'라는 사실이었다. 플랫폼의 재편, 관객의 변화, 산업 환경의 불확실성까지 모든 것이 흔들리는 시대 속에서, 그는 전략이나 트렌드보다도 '내 영화는 무엇이어야 하는가'라는 초점을 단단히 붙들고 있다. 이는 단순한 장인정신이 아니라, 장기적으로 창작을 지속하기 위한 생존의 기반에 가깝다.

인터뷰를 하며 인상 깊었던 점은, 그가 자신의 실패와

회의를 숨기지 않는다는 사실이었다. 본능과 감각에 의존했던 시기를 냉정하게 돌아보고, 이제는 그 방식이 통하지 않는다는 현실을 누구보다 먼저 인정한다. 그리고 그 인정에서부터 '본질'이라는 단어를 새롭게 재정의하려 한다.

"처음으로 돌아가야 다음으로 갈 수 있다."

그의 말은 단지 한 영화감독의 고백이 아니라 변화의 시대를 지나고 있는 모든 창작자에게 보내는 조언처럼 들렸다.

이 장에서는 류승완 감독이 자신의 본질을 어떻게 발견하고 다듬어왔는지, 그리고 그것이 오늘의 그를 어떻게 만들어왔는지를 확인하게 될 것이다. 독자들은 그의 언어를 통해 '본질을 붙든다는 것'이 얼마나 고독한 의지인지를 느끼게 된다. 따라서 이 장은 한 창작자가 스스로의 중심을 찾아가는 과정이며, 동시에 이 책 전체를 관통하는 출발점이다.

일러두기

이 책은 2023년 가을부터 2025년 겨울까지 인터뷰어 지승호가 류승완 감독과 나눈 대화를 바탕으로 정리한 것이다. 류승완 감독의 생각과 철학을 독자들에게 최대한 온전히 전달하기 위해 류승완 감독의 시점에서 재구성하여 정리하였음을 밝힌다.

나는 왜 영화를 만드는가

영화는 내게 세상을 이해하는 방식이자,
나를 버티게 하는 뼈대였다.
어릴 때부터 지금까지 나를 흔들어놓을 수 있었던 건
언제나 영화뿐이었다.
나는 수많은 장르를 넘나들며 영화를 만들었지만,
그 중심에는 늘 하나의 질문이 있었다.
"나는 왜 이걸 만들고 있지?"
그 질문이 나를 붙잡아주었다.
카메라를 들기 시작한 소년의 마음,
심야 극장에서 느낀 전율,
성룡과 주윤발 사이에서 흔들리던 열병 같은 감정들.
그 모든 것이 뒤섞여 지금의 나를 만들었다.
영화에 처음 빠져든 순간부터 지금까지,
나는 늘 영화의 본질, 그리고 나 자신의 본질에 대해
고민해왔다.

이제 그 이야기를 시작해보려 한다.

감각의 탄생

어릴 때부터 영화를 사랑했다.
지금도 그 마음으로 영화를 만든다.
내가 처음 본 영화는 정창화 감독의
〈죽음의 다섯 손가락〉이었다.
유치원도 들어가기 전이었고,
제목도 기억나지 않지만,
도장 마룻바닥 위를 굴러가는
눈알의 이미지가 강렬하게 남았다.
그건 공포가 아니었다.
오히려 설명할 수 없는 감각이었다.
영화는 처음부터 내게 감정이나 서사보다
이미지로 다가온 예술이었다.
시간이 흘러 부산국제영화제 정창화 감독 회고전에
참여하게 되었을 때, 그제야 알았다.
어린 시절 내 안에 남아 있던 그 장면이

〈죽음의 다섯 손가락〉이었다는 걸.

영화를 좋아한다는 건,

영화를 좋아하게 된 이유를

굳이 설명하지 않아도 되는 사람들을 만나는 일이다.

'왜 좋아하느냐'는 질문은 무의미하다.

눈앞에서 빛이 움직이고,

그것이 하나의 장면이 되어

인물의 감정을 따라가게 만드는 그 마법.

그 순간부터 나는 영화의 세계에서

빠져나올 수 없었다.

영화의 본질은 감각에서 시작한다.

그 감각은 어설프게 이해받거나 분석되기보다,

몸에 먼저 스며드는 것이다.

그 감각이 있었기에 나는 지금까지 버틸 수 있었다.

그것이 고된 현장을 견디게 하고,

비난과 오해 속에서도 궤도를 벗어나지 않게 만들었다.

영화는 내가 이 세계와 연결되는 방식이다.

누군가에게 영화가 수단이거나 표현이라면,

나에게 영화는 존재 방식 그 자체다.

좋아서 시작했고, 좋아서 계속해왔고,

앞으로도 그럴 것이다.

어둠을 만난 후 달라진 것

아버지는 영화와 음악을 좋아하셨다.
할리우드 스타들의 사진을 오려 붙인
스크랩북이 집에 있었고,
'토요명화'나 '주말의명화'를 볼 때면
"저 배우는 존 웨인이야", "저 사람은 로버트 본이야"
하고 알려주셨다.
그 덕분에 TV로 미국 영화를 많이 봤다.
대한극장에서 앵콜 로드쇼로 〈벤허〉를 보기 위해
온양에서 서울까지 고속버스를 타고 왔던 기억,
〈구니스〉를 봤던 장면들도 아스라이 남아 있다.
작은아버지는 홍콩 영화 마니아였다.
그래서 극장에 가는 일은 내게 너무나 자연스러웠다.
고향 온양은 관광 도시라 통금이 없었다.
주말이면 작은아버지가 나를 데리고
심야 영화를 보러 가곤 했다.

그때 봤던 영화들 〈사형도수〉, 〈취권〉, 〈사학비권〉,
쇼브라더스 작품들 그리고 이소룡 영화들….
초등학생이었던 나는 성룡 영화에 완전히 사로잡혔다.
그리고 중학교 때 이소룡의 〈사망유희〉가 재개봉했다.
그런데 동시상영이 〈변강쇠〉였다.
어린 마음에 한국 영화를 미워했다.
'저 에로영화 때문에 내가 이소룡 영화를 못 본단
말이야?'
그래도 동네 극장이라 다행히 들여보내줬다.
그때의 설렘을 아직도 기억한다.
그리고 중학교 2학년.
내 인생을 바꾼 영화를 만났다.
〈영웅본색〉과 왕가위의 〈열혈남아〉였다.
〈영웅본색〉은 이전까지 내가 봐온
무술영화들과 달랐다.
인간관계의 복잡함이 보였다.
그 시절, 우리 집은 할아버지가 금은방을 하셔서
동네에서 '온양의 누구네' 하면 알아주는 집이었다.
아주 큰 부자는 아니었지만, 늘 손님이 드나드는 집.
그런데 집안이 어려워지면서
사람들과의 연락이 끊기고,

도움을 받던 이들이 오히려 돈을 달라며 찾아왔다.
예민한 사춘기 시절, 그 시기의 혼란과 함께
〈영웅본색〉은 내 마음속에 깊이 남았다.
배신과 의리, 몰락의 이야기.
정을 줬던 사람이 등을 돌리고,
끝까지 의리를 지킨 이들은 몰락해 있었다.
그 어둡고 쓸쓸한 감정이 10대의 나를 흔들어놓았다.
그때 이후로도 나는 여전히 성룡을 좋아했지만,
더 이상 그 밝은 세계에만 머물 수 없었다.

A18
FPS
B21
38E
15
230331
A126
B116

나에게 새겨진 영화들

고등학교에 들어서면서는
미국의 70년대 영화들에 완전히 빠져들었다.
〈굿펠라스〉, 〈케이프 피어〉,
스필버그의 전성기 영화들,
〈대부〉, 〈택시 드라이버〉 같은 작품들.
그 시절 나는 잡식으로 영화에 탐닉했다.
액션영화를 볼 때도 승리의 쾌감보다
패배의 처연함에 마음이 갔다.
〈첩혈쌍웅〉, 샘 페킨파의 1970년대 영화들을 보면서
영화의 관점이 점점 어두운 쪽으로 흘러갔다.
내 영화들 속에는 여전히
그 시절의 흔적이 충돌한다.
성룡이나 버스터 키튼의 활력에 대한 욕망,
필름 느와르의 어둠에 대한 집착.
내 영화는 나쁘게 말하면 이것저것 섞어놓은

모양새일지도 모른다.
하지만 좋게 말하면, 균형을 맞추기 위해 발버둥 치는
사람의 기록이다.
그 무렵 비디오로 데이비드 린치의 〈블루 벨벳〉을 봤다.
"죽이는데."
이해는 잘 안 갔지만, 그 이상한 매력에 끌렸다.
내용을 이해하려고 평론가들의 글을 찾아 읽고,
친구들과 밤새 얘기했다.
〈터미네이터 2〉를 보고 잡지에 편지를 쓴 적도 있다.
고등학교를 졸업한 뒤 쿠엔틴 타란티노가 데뷔했다.
당시엔 정보의 통로가 좁았던 시대라,
한 편의 영화를 보기 위해 더 애를 써야 했다.
그만큼 한 편 한 편이 소중했다.
비디오를 빌리면 2박 3일 동안 몇 번이고 돌려봤다.
〈록키〉, 〈람보〉, 〈코만도〉,
슈워제네거의 〈코난 더 바바리안〉,
척 노리스의 〈델타 포스〉 같은
영화들을 보며 자랐다.
마초의 시대였다.
지금 보면 유치하고 후지지만,
지금도 가끔 찾아보면서

'내가 저걸 좋아했단 말이야?' 하고 웃게 된다.
〈엘리미네이터〉 같은 B급 영화조차
그 시절 내겐 보석 같았다.
그 수많은 영화들이 내 안에 인장처럼 새겨졌다.
무술영화에서 배운 비정상적인 몸의 움직임,
액션영화가 품은 결기,
성룡 영화의 처절한 클라이맥스.
그 모든 것이 내 영화의 뿌리가 되었다.
처음엔 주윤발이 성냥개비를 문 사진을 보고
기분이 나빴다.
중국 영화에서 총을 든다는 게 어색했으니까.
그런데 영화를 보고 나서 생각이 완전히 달라졌다.
너무 재미있었다.
〈영웅본색〉을 본 중학교 2학년의 나는
스스로를 배신한 기분이었다.
무술 영화에 쏟은 나의 순정을 배신하는 것 같았다.
그 시절 학교는 폭력적인 정글이었고,
'누군가 나를 위해 저렇게 희생해줄 친구가 있다면'
하는 판타지가 있던 시대였다.
전두환을 끝까지 옹호했던 장세동의 '의리'가
미화되던 때였다.

그래서일까.

〈영웅본색〉 속 위조지폐범들의 의리조차

이상하게 아름답게 느껴졌다.

물론 웃으며 이렇게 말하곤 했다.

“어쨌건 위조지폐범들이잖아요.”

누군가 내게 ‘인생 영화’를 물으면 늘 망설이게 된다.

그럼에도 떠오르는 건 늘

1980년대의 성룡 영화들이다.

〈폴리스 스토리〉, 〈프로젝트 A〉.

그게 내 시작이었다.

그리고 〈영웅본색〉, 〈첩혈쌍웅〉은

내 안의 어두운 감정을 건드렸다.

샘 페킨파의 〈관계의 종말〉,

버스터 키튼의 〈우리의 환대〉,

존 부어맨의 〈포인트 블랭크〉,

마틴 스코세이지의 〈택시 드라이버〉,

쿠엔틴 타란티노의 〈저수지의 개들〉,

스티븐 스필버그의 〈E.T.〉….

이름만으로도 밤새 이야기할 수 있는 영화들.

그 영화들, 그 감정, 그 이야기들이

바로 지금의 나를 이루는 본질이다.

이야기 본능

나는 어릴 때부터 '이야기하는 사람'이었다.
드라마를 놓친 이모에게 직접 본 것처럼 설명했고,
영화를 보고 오면 엄마에게 줄거리를
재연하듯 말하곤 했다.
그러다 보니 점점 이야기를 '지어내서' 말하기도 했다.
칭찬받는 재미에 본 적 없는 영화도
본 척하고 친구들에게 떠들었다.
솔직히 구라가 심했다.
국민학교 때 글짓기 대회에서 장려상을 받았고,
희곡 수업에 유난히 흥미를 느꼈다.
〈마지막 잎새〉 같은 작품을 또렷이 기억한다.
시나리오와 극 형식에 자연스럽게 끌렸다.
하지만 삶은 순탄치 않았다.
중학교 때 부모님을 차례로 잃었고,
생계를 위해 일터에 나가야 했다.

당구장 청소를 하며 큐대 관리 기술을 배웠고,
한때는 소매치기 형들에게
'기술'을 배울 기로에 놓이기도 했다.
그래도 단 하나의 열망만은 놓지 않았다.
영화를 만들고 싶다는 열망.
중학교 2학년 무렵,
이미 영화를 만들겠다고 마음먹은 시절,
체육관 다닐 돈이 없어도
놀이터에서 혼자 발차기 연습,
점프를 하며 운동했다.
그 시절 내 안의 이야기 본능이
영화라는 꿈을 심어줬다.
나는 나를 알았고,
무엇을 하고 싶은지 명확했다.
어려운 환경에서도
영화에 대한 마음만큼은 흔들리지 않았다.
어쩌면 나는 어릴 때부터
나와의 관계를 먼저 정립해왔는지도 모른다.
영화는 '세상을 향한 이야기'이기 전에
'나를 버티게 해주는 이야기'였고,
내가 어떤 사람인지 확인하게 해주는 거울이었다.

좋은 영화의 기준

나는 '좋은 영화'라는 말을 쉽게 하지 못한다.
좋은 영화가 따로 정해져 있을까?
늘 그렇게 반문하게 된다.
하지만 내가 꾸준히 해온 이야기들을 돌아보면,
결국 나에게 좋은 영화란 세 가지로 정리된다.
관객에게 최상의 경험을 주는 영화,
질문을 던지는 영화,
그리고 진짜가 느껴지는 영화.
무엇보다 먼저, 관객의 경험이 가장 중요하다.
극장이라는 공간에서 관객이 몸으로 느낄 수 있는
소리와 이미지의 감각.
그걸 느끼게 해주는 영화가 진짜다.
믹싱 작업을 할 때면
바닥을 울리는 우퍼 사운드에 집중한다.
관객이 단순히 귀로 듣는 게 아니라,

온몸으로 진동을 느끼게 만들고 싶다.
나는 그런 영화를 만들고 싶었다.
관객이 극장을 나서면서 '진짜 뭔가를 보고, 들었다'는
감각을 남기는 영화.
그게 내가 생각하는 좋은 영화의 첫 번째 기준이다.
두 번째는 질문을 던지는 영화다.
나는 마틴 스코세이지의 〈플라워 킬링 문〉을 보고
이런 생각을 했다.
"야, 우리가 이렇게 사는 게 맞니?"
가르치지 않고, 설교하지도 않고, 그저 묻는 영화.
그게 진짜 힘이 있는 영화다.
좋은 영화는 대답하지 않는다.
대신 묻는다.
"이게 진짜 좋은 세상일까?"
"우리가 정말 더 나아진 걸까?"
그 질문이 남는 영화가 오래 간다.
세 번째는 '진짜'가 느껴지는 영화다.
내가 만든 영화지만 후반작업,
시사실의 큰 화면으로 처음 볼 때면 늘 놀란다.
"이게 내가 만든 영화가 맞나?"
모니터로 볼 때와는 완전히 다르다.

영화가 진짜인지 아닌지는,
그 영화를 위해 만든 환경에서 볼 때
비로소 드러난다.
진짜를 느끼려면
진짜 공간에서,
진짜 크기로,
진짜 사운드로 경험해야 한다.
그런 모든 요소가 갖춰진 상태에서
관객이 느끼는 그 어떤 감정,
그게 바로 내가 말하는 '진짜 좋은 영화'의 증거다.
결국 좋은 영화란,
관객이 극장을 나서며 "아, 정말 제대로 봤다"는
느낌을 갖게 하는 영화다.
나에게 좋은 영화의 기준은 기술도, 철학도 아니다.
몸에 남는 감각.
그게 전부다.

여전히 재미있는 것

2025년, 내가 영화를 만든 지도 30년이 넘었다.
내가 세운 영화사 외유내강도
올해로 20주년을 맞았다.
돌아보면 '시간의 속도'라는 게 제일 먼저 떠오른다.
"벌써 이렇게 됐나? 나이도 많지 않은데."
예전엔 1970년대 감독들이 되게 멀게 느껴졌는데,
지금 20대들이 나를 그렇게 느끼겠지?
이제는 내가 살아온 시간보다
남은 시간이 더 짧을 테니까.
그 생각을 하다 보면 묘한 기분이 든다.
얼마 전 은퇴를 선언한 감독
데이비드 크로넨버그의 말을 들었다.
"내 영화가 더 이상 세상에 도움이 되는지 모르겠다."
그 문장이 오래 남았다.
나도 이젠 영화를 통해

세상을 바꾸겠다는 의지는 없다.
하지만 세상에 해를 끼치는 영화는
만들고 싶지 않다.
내가 말하는 '괜찮은 영화'는 그런 것이다.
관객이 좋아하고, 재미있어할 만한 영화.
내 영화를 보고 뿌듯해하고,
즐거워하는 사람들을 보고 싶다.
그게 전부다.
여전히 영화가 재미있는 것이었으면 좋겠다.
그 재미는 감독의 과시욕에서 나오는 게 아니라,
관객을 향한 시선에서 비롯된다고 생각한다.
이제 나를 드러내고 싶은 욕망은 거의 없다.
그건 이제 의미가 없다.
관객에게 좋은 경험을 주는,
그저 괜찮은 영화를 하나 더 만들고 싶다.
그 마음이 지금의 나를 움직인다.

시간의 벽을 뚫는 영화

영화 한 편을 만든다는 건
끝없는 선택과 결정의 연속이다.
무수한 결정, 타인의 의견, 현실의 제약들.
그 모든 걸 통과해야 비로소 한 편이 완성된다.
하지만 팬데믹 이후, 나는 다시 원점으로 돌아갔다.
"과연 영화란 무엇일까?"
그 질문을 다시 붙잡았다.
그리고 결론은 단순했다.
"앉은 자리에서 두 번 보고 싶은 영화."
어릴 때 극장에서 온종일 같은 영화를
반복해서 보았던 것처럼.
희극이든 비극이든, 장르를 가리지 않고
관객의 상태를 바꿔놓는 힘.
그게 바로 영화다.
〈밀수〉를 만들었을 때,

많은 여성 관객들이 반복 관람을 해줬다.
GV 현장에서 "두 번 봤어요"라는
말이 나올 때마다
고마우면서도 한편으론 조심스러웠다.
어느 영화에든 열성 팬은 있다.
그런 반응에 취하거나 스스로를 과대평가하는 짓을
이젠 하지 않는다.
시간의 벽을 뚫는 영화,
세월이 지나도 다시 보고 싶은 영화가
결국 진짜 좋은 영화다.
지금은 만들면서 실수한 부분이 더 먼저 보인다.
그럼에도 바란다.
어느 날 누군가의 기억 속에서
"그 영화 진짜 재밌었지"라는 한마디로 남는다면,
그걸로 충분하다.

영화라는 좁고 단단한 길

내 동생 류승범 배우가 나를 두고
“우리 형은 영화에 미쳤다”고 말한 적이 있다.
틀린 말은 아니다.
나는 거의 모든 시간, 모든 관심, 모든 대화를
영화로 채우고 산다.
책을 읽고, 운동을 하고, 영화를 본다.
그게 전부다.
책을 읽고, 운동을 하는 것조차
‘영화를 잘 만들기 위해서’라고 해도 과언이 아니다.
술을 마시지도 않고, 골프도 칠 줄 모르고,
업계의 파워 있는 사람들과 어울리는 일도 거의 없다.
깨어 있는 동안의 대부분은
영화와 관련된 일을 한다.
지금 내가 하는 말조차
영화를 만든 사람으로서

하는 이야기다.

결국 내 삶의 거의 모든 부분은

영화와 이어져 있다.

첫 영화를 찍던 20대 때는 정말 아무것도 없었다.

쓰레기통에서 옷을 주워 입던 시절이었다.

돈 한 푼 없던 청춘이 친구들과 8밀리 필름을 들고

작은 단칸방에서 밤을 새우며 꿈을 꾸던 시절.

비디오 대여점에서 테이프 하나 빌려와

하루에 한 편씩은 꼭 보던 시절.

아무리 육체 노동으로 지쳐도

영화를 봐야 잠이 오던 시절….

그런 나를 옆에서 보던 승범이는

'갑갑하게 사는 사람', '수도승처럼 사는 사람'으로

기억했을지도 모른다.

하지만 그 '갑갑함'이 결국 나를 만들었다.

세상이 넓고 화려해질수록

나는 오히려 좁고 단단한 길을 걸었다.

그 길 끝에는 언제나 영화가 있었다.

기분 좋은 배신

〈밀수〉에서 내가 가장 마음에 들었던 장면 중 하나는
권 상사의 죽음이었다.
전국구 오야붕에 무적의 부하 애꾸.
누구나 권 상사가 끝까지 살아남으리라고
믿었을 것이다.
그런데 영화는 그를 단칼에 죽여버린다.
마지막 반전에서 그가 살아 있는 장면이 나오지만,
그 순간만큼은 관객 모두가 그의 죽음을 믿었다.
입을 틀어막는 소리, 극장 안에 번지는 작은 탄성들.
그걸 보며 나는 묘한 쾌감을 느꼈다.
그건 내가 말하는 '기분 좋은 배신'이었다.
관객은 결과가 둘 중 하나라고 생각한다.
이기거나, 지거나.
그 두 가지 틀 안에서만 기대하지만,
그 틀을 통째로 비껴나가는 엉뚱한 방식이

훨씬 재미있다고 생각했다.

〈밀수〉는 70년대 대중문화에 대한
내 애정이 듬뿍 녹아든 영화다.
박정민이 연기한 장도리는
〈영웅본색〉을 떠올리게 하고,
조인성이 맡은 권 상사는 클래식한 악당의 전형이다.
하지만 이 둘의 대결을
평범하게 끝내고 싶지 않았다.

영화를 만든다는 건 늘 밸런스의 문제다.
관객의 기대를 충족시키면서
동시에 그 기대를 어떻게 배신할 것인가.
너무 뻔하면 지루하고, 너무 엉뚱하면 당황스럽다.
그 사이를 찾아야 한다.
관객이 기분 좋게 놀랄 수 있도록.
그게 내가 생각하는, 관객을 즐겁게 만들기 위한
가장 진지한 전략이다.

명대사의 조건

내 영화에는 사람들이 기억하는 대사가 꽤 많다.

"어이가 없네."

"우리가 돈이 없지, 가오가 없냐."

"호의가 계속되면 권리인 줄 안다."

"강한 놈이 오래가는 것이 아니라 오래가는 놈이 강한 거더라."

이제는 밈처럼 떠돌며 명대사가 된 말들.

솔직히 나는 한 번도 '명대사를 만들어야겠다'고 생각한 적이 없다.

명대사는 억지로 쓴다고 만들어지지 않는다.

단지 상황에 맞는 대사를 쓰려 했을 뿐.

일부러 명대사를 쓰려고 하면

일상적인 말 같지 않아진다.

그래서 오히려 조심하는 편이다.

대사는 '쓰기'보다는 '채집'에 가깝다.

김영하 작가의 말처럼,
좋은 작가는 말을 채집하고,
그 말을 가장 적절한 자리에
놓는 사람이라고 생각한다.
〈베테랑〉의 "우리가 돈이 없지, 가오가 없냐"는
고故 강수연 선배가 실제로 했던 말이다.
"호의가 계속되면 권리인 줄 안다"는
사나이픽처스 한재덕 대표가
탈무드에서 가져온 구절이다.
〈밀수〉의 "먹고 살려면 어디까지 해야 되는 거냐"는
그저 일상 대화 속에서 많이 들어온 말이다.
나는 '대사처럼 들리는 대사'를 경계한다.
연출할 때도, 그 말에 방점을 찍을지 아닐지에 따라
완전히 다른 인상이 된다.
〈밀수〉의 "아직도 진구와 아버지 피 냄새가 나"는
내가 봐도 조금 '대사 같은 대사'다.
하지만 대부분의 대사는
그저 인물의 삶 속에서
자연스럽게 흘러나온 것들이었다.
좋은 대사는 결국 좋은 팀워크에서 나온다.
억지로 만든 문장이 아니라,

상황과 배우가 함께 만들어낸 말.

그 말이 관객의 귀에 오래 남을 때,

비로소 진짜 '명대사'가 된다.

두 영화에 나오는 같은 말

내 영화에는 반복해 등장하는 대사가 있다.
〈피도 눈물도 없이〉의 독불이,
〈주먹이 운다〉의 강태식이 똑같이 내뱉는다.
"내가 그렇게 싫으냐?"
나는 이 대사를 좋아했다.
단순해서 좋았고, 흔해서 좋았고,
무엇보다 논리를 포기한 감정의 언어라서 좋았다.
논리로 설명할 수 없을 때 나오는 말이기 때문이다.
'나는 네가 좋은데, 너는 왜 나를 싫어하느냐.'
결국 관계에서 내가 왜 실패하는지
모르는 사람의 말이었다.
두 영화에 이 말을 반복해서 쓴 건
캐릭터 때문만이 아니라
내 안에서 나온 말이었기 때문이다.
나는 스스로 인간관계에 미숙한 사람이라고 여긴다.

그 미숙함을 숨기지 않고 드러내는 문장이
바로 이 대사였다.
사람은 감정을 어떻게 표현해야 할지 모를 때,
가장 평범한 말에 기대곤 한다.
화려하진 않지만 누구나 한 번쯤 해본 말.
그 언어는 현실의 질감과 맞닿아
강한 공감을 만든다.
아주 평범한 말이 적재적소에 놓이며
엄청난 힘을 발휘한다.
나는 그런 걸 좋아한다.

우스꽝스러운 진지함

나는 세상을 진지하게 보면서도,
동시에 웃긴다고 느낀다.
내 영화에 나만의 독특한 유머가 있길 바란다.
진지한 상황 속에서 고개를 갸웃하게 만드는
어처구니 없는 디테일,
극한의 순간에도 피식 웃음이 나는
장면을 담고 싶다.
어떤 현상들은 남들에겐 심각하게 보이지만
나한텐 이상하게 우습게 보일 때가 있다.
어릴 적부터 보아온 대중문화는 나의 상상력을
형성하는 데 중요한 자양분이 되었다.
〈밀수〉에 등장하는 배, 맹룡호의 이름은
영화 〈맹룡과강〉에서 따왔다.
조인성이 쓴 선글라스, 장도리의 셔츠 등
모두 홍콩 무협 영화에 대한 향수에서 온 디테일이다.

'장도리'라는 이름조차
어릴 적 이웃 아저씨의 별명에서 따왔다.
내 감수성은 결국 내가 경험한 세계 안에서
흘러나온다.
그리고 그 경험을 확장하기 위해 책을 읽고,
다양한 사람을 만나지만,
결국은 내 안에서 끌어내는 방식으로 작업을 한다.
최근에는 CIA의 역사를 다룬 책을 읽었다.
'잿더미 기관'이라고 불릴 만큼
무수한 실패와 음모가 얽힌 이야기인데,
읽다 보면 경악보다 웃음이 먼저 난다.
너무 거대한 비극을 보다 보면
어느 순간 웃음이 터진다.
엄청난 예산, 어설픈 판단, 무시무시한 실수들,
그런데도 대통령에게는
듣기 좋은 보고서만 올리는 사람들.
CIA가 쿠바의 카스트로를
수십 번 암살하려 했던 이야기,
그 과정에서 마피아를 고용했다가 사기를 당하고,
현지에서 무기 장사꾼을 만나 사기당하는 해프닝들.
이런 코미디가 또 있을까 싶었다.

그런 우스꽝스러운 순간들은
내게 비극에 대한 독특한 정서를 남긴다.
너무 큰 일, 너무 무능한 판단, 너무 슬픈 현실 앞에서
나는 오히려 실소가 나온다.
어쩌면 그 감정의 전환이
내 영화의 균형감각과 긴장의 근원일지도 모르겠다.
진지함 속의 익살,
어처구니없는 현실을 바라보는 씁쓸한 웃음.
비극은 너무 커서 우습고,
우스움은 너무 인간 같아서 슬프다.
그 경계에서 나는 스토리를 만들고,
인물을 만들고, 영화를 만든다.
내 영화에는 늘 웃음이 있다.
하지만 그 웃음은 현실의 무게를 아는 사람만이
지을 수 있는 웃음이다.
그 웃음을 통해 관객이 조금은 더 편안하게,
그러나 더 깊이 세상을 바라보길 바란다.

작고 엉뚱한 상상력

남들이 잘 들여다보지 않는 엉뚱한 지점이 궁금하다.
액션 영화에서 총알이 떨어지면
왜 주변 적의 주머니를 안 뒤질까?
주머니에 탄창이 있을 수도 있잖아.
이런 생각들은 웃기지만, 사실 굉장히 현실적이다.
특수요원이 작전 중에 화장실은 어떻게 가는지,
티슈는 챙겼는지,
과민성 대장 증후군은 없을지,
그런 게 자꾸 궁금하다.
결국 그건 인간적인 감각에 대한 집착이다.
영화 속 인물이 아무리 강해 보여도
결국은 인간이다.
인간이라면 먹고, 싸고, 자야 한다.
그 사소한 것들에서 이야기가 더 풍부해진다.
그게 결국 생존의 문제다.

나는 '리얼리즘' 같은 거창한 말을 쓰지 않는다.

다만 작고 엉뚱한 궁금증,

디테일에 대한 집요함이

인물을 더 현실적으로 만든다고 믿는다.

그래서 내 영화 속 인물들은 허황되지 않다.

어딘가 실제로 존재할 것 같은 사람들이다.

강한 자의 치질까지 궁금해하는 내 엉뚱한 상상력은,

결국 캐릭터를 신화가 아닌 사람으로 그리려는

태도에서 나온다.

왜곡될 바엔 말하지 않겠다

요즘은 말을 조심하게 된다.
예전에는 떠도는 말을 그냥 흘려보낼 수 있었는데,
지금은 그게 쉽지 않다.
온라인이라는 공간이 생기고 나서
의도가 의도대로 전달되지 않는다는 걸
뼈저리게 느낀다.
내가 하지도 않은 말이 돌아다니고,
농담이 사실처럼 유통된다.
"류승완 감독 할머니가 잘생긴 놈은 감독,
못생긴 놈은 배우한다고 했다"는
어이없는 이야기를 방송에서 듣기도 했다.
우리 할머니는 내가 정식 감독으로 데뷔하기도 전에
돌아가셨는데 말이다.
작은 농담처럼 시작된 왜곡은
결국 한 사람의 실체까지 마음대로 정의해버리는 일로

이어진다.
대중 앞에 나서야 하는 사람으로서
그런 경험을 몇 번 하고 나니
이젠 차라리 말을 하지 않는 게 낫겠다는
생각이 들었다.
내가 하는 일에 대한 평가는 괜찮다.
하지만 내 삶과 과정을 마음대로 해석하고
왜곡하는 건 받아들이기 어렵다.
그래서 이제는 말을 아낀다.
인터뷰도, 발언도, 최대한 신중하게 한다.
결국 나는 말보다 영화로 말하는 사람이다.
내 마음을 가장 정확히 전할 수 있는 언어는
아직도 영화뿐이다.

영화를 위해 하는 일들

나는 스스로를 영화만 생각하는 사람이라고 말한다.
그 말이 과장이 아니다.
다른 개인적인 생활은 거의 없다.
영화를 보고, 영화 이야기를 나누고,
영화와 관련된 책을 읽고,
영화를 만들 체력을 위해 운동을 하는 것.
그게 전부라는 말은 이미 한 바 있다.
집, 사무실, 극장 — 내 동선은 그 세 곳뿐이다.
어떤 날은 쓰레기 분리수거하러 나갈 때만
밖에 나간다.
운동은 몸을 위한 게 아니다.
촬영과 후반 작업의 긴 싸움을 버티기 위한
최소한의 훈련이다.
유산소, 웨이트, 스트레칭.
매일 두 시간씩, 꾸준히 한다.

사람 많은 곳에 가는 건 아직도 힘들다.
시사회나 포토월에 서는 일은
정말 필요한 경우가 아니면 피한다.
사람 많은 곳에 가면 약간 패닉이 온다.
앞이 안 보일 정도로 숨이 막히는 경우도 있다.
내게 영화는 직업이 아니라
생활이고, 리듬이고, 감각의 전부다.
그 철저한 몰입이 강혜정 대표에게 신뢰로 작용했고,
외유내강이 지금까지 버틸 수 있었던
이유이기도 하다.

언제나 다음을 생각한다

두 가지 일을 동시에 잘하지 못한다.

항상 하나의 영화에만 집중한다.

한 작품이 끝나기 전엔 다른 걸 생각하기 힘들다.

하지만 한 영화의 후반 작업 중에는

다음 작품을 기획한다.

성공이건 실패건 거기에 흔들리지 않고,

꾸준히 작업을 해나가기 위한 나만의 전략이다.

영화를 만드는 동안엔

외부와의 만남도, 다른 대화도 최소화한다.

그 영화의 세계 안에 완전히 들어간다.

그 집중이 나를 버티게 한다.

하지만 위험을 분산시키기 위해서라도

한 작품에 올인하는 것은 경계한다.

결국 이건 나만의 생존 방식이다.

‘상업영화’라는 금기어

외유내강 안에서 ‘상업영화’라는 말은 금기어다.

그 말이 영화의 본질을 흐린다고 생각한다.

‘상업영화’라고 부르는 순간,

우리가 하는 일이 상업에 국한되어 버린다.

그래서 우리는 ‘대중영화’라는 표현을 쓴다.

음악에서는 ‘상업음악’이 아니라

‘대중음악’이라고 부르지 않나.

유독 영화에서만 ‘상업’이라는 단어가 굳어버렸다.

그건 어느 순간부터

‘자본의 영화’와 ‘예술영화’를 나누는

기준처럼 되어버렸다.

나는 그 구분이 불편하다.

흔히 홍상수 감독님의 영화를

‘비상업영화’라 부르지만

홍보를 위해 흥행 시즌, 관객 수, GV 일정 등

관련된 모든 걸 고려하지 않나.
다르덴 형제조차 〈토리와 로키타〉가 나왔을 때
홍보를 위해 한국에 왔다.
결국 상업, 비상업이라는 구분이
영화의 가치를 흥행이라는 기준으로 단순화시킨다.
그건 영화의 본질과는 거리가 멀다.
그래서 나는 '대중영화'라는 말을 쓴다.
더 많은 사람과 소통하기 위해,
관객의 좋은 반응을 얻기 위해 존재하는 영화.
결과보다 과정, 박스오피스보다 관객의 경험이
진짜 영화의 중심이 되어야 한다.
가끔 농담처럼 이렇게 말한다.
그럼 〈밀수〉는 어업영화고,
〈오펜하이머〉는 공업영화냐.
말장난이지만, 단어 하나가
세상을 얼마나 왜곡시키는지를
나는 너무 잘 안다.

불이 다시 켜진 순간

늘 말한다.

"나는 내가 보고 싶은 영화를 만든다"고.

이건 단순한 취향의 문제가 아니다.

나에게는 태도이자 윤리다.

〈모가디슈〉 이후 나는 스스로에게 다시금 물었다.

"영화란 과연 무엇인가?"

영화는 수많은 이해관계 속에서 만들어진다.

아이디어 하나가 수십 명의 판단을 거쳐

형태를 갖춘다.

출발은 사소한 아이디어였지만,

완성에 이르기까지 수많은 사람들의

생각과 자본이 개입된다.

그 과정에서 영화의 순수함이 사라질 때가 있다.

그래서 다시 스스로에게 물었다.

"나는 어떤 영화를 만들고 싶은가?"

결국 답은 예전과 같았다.

앉은 자리에서 두 번 보고 싶은 영화.

어릴 적 극장에서 온종일 같은 영화를

반복해 봤던 기억.

불이 꺼지고, 다시 켜졌을 때

내 감정이 변해 있던 그 순간.

그 감정을 다시 만들고 싶었다.

관객이 그렇게 느낀다면,

그게 최고의 영화일 것이다.

이제는 누군가의 시선을 의식하지 않는다.

과시하고 싶지도 않다.

다만 나에게 솔직하고, 관객에게 진심인 영화.

그걸 만들고 싶다.

오래 남는 영화,

시간이 지나도 다시 꺼내볼 수 있는 영화.

그걸 위해 나는 오늘도 같은 질문을 되묻는다.

"어떻게 하면 더 좋은 영화를 만들 수 있을까."

계약에 쫓기는 창작자들

요즘 한국 영화계가 위기를 겪는 이유는
콘텐츠의 질 때문만은 아니다.
나는 그 본질이 계약 시스템에 있다고 생각한다.
요즘은 몇백 억이 오가는 딜,
10년 계약, 7년 계약이 너무 많다.
그 안에 몇 편을 만들기로 정해버리는 일이
비일비재하다.
그건 공장식 시스템이다.
정해진 기간 안에 정해진 수의 작품을 찍어야 하니
결국 완성도보다 계약 이행이 우선이다.
그건 창작의 본질을 훼손한다.
결국 영화의 질이 떨어진다.
나도 대형 자본의 제안을 받은 적이 있다.
하지만 외유내강은 거절했다.
염불보다 젯밥에 더 관심을 가지게 될 것 같았다.

물론 돈이 많으면 좋다.
하지만 그 돈이 정말 우리에게 필요한 걸까?
그 돈 때문에 우리가 우리 자신을
속이게 될 수도 있지 않을까?
결국 이렇게 결론 냈다.
"돈도 좋지만, 우리 자신을 속이는 일은 하지 말자."
그래서 외유내강은 상장 제안을 거절했다.
계약 조건에 맞춰 '털어내듯이 만드는 영화'들이
늘어나는 게
요즘 한국 콘텐츠의 퀄리티를 떨어뜨리는
이유라고 생각한다.
촬영이 없을 때면 썰렁한 사무실을 본다.
그리고 초심을 떠올린다.
출발이 거창하지 않았던 사람들일수록
지금 할 수 있는 가장 중요한 일은 하나뿐이다.
거짓 없이, 진짜 만들고 싶은 영화를 만드는 것.

시스템이라는 허상

나는 “영화를 만드는 시스템”이라는 말을
믿지 않는다.
그럴 듯하게 들리지만,
결국 시스템도 사람에 의해 움직인다.
아무리 잘 짜여 있어도 결국은 사람,
사람 사이의 관계, 협업,
그리고 책임감이 핵심이다.
잘 돌아가는 시스템이라는 건 결국
자신의 자리를 묵묵히 지키는
사람들의 태도에서 나온다.
외유내강을 운영하며 그걸 수없이 느꼈다.
회사 간판이 있다고, 시스템이 있다고
영화가 자동으로 만들어지는 일은 없다.
촬영이 시작되면 늘 새로 시작하는 기분이다.
예상치 못한 일들이 터지고, 늘 불확실하다.

그래서 나는 '시스템으로서의 영화 제작'보다,
'사람 중심의 창작'을 믿는다.
시스템은 완성을 돕는 도구일 수는 있어도
결국 창작의 주체는 언제나 사람이다.

지금의 내가 만들어야 하는 영화

나는 〈휴민트〉를 그냥 새 영화라고 생각하지 않는다.
이 작품은 내 창작 인생에서
방향을 조금 틀어야겠다고
느낀 지점에서 나온 영화다.
그동안 큰 영화들을 만들고,
시리즈의 흐름 속에서 계속 달려왔는데
어느 순간 '이대로만 가도 되는 걸까?'
하는 생각이 들었다.
그래서 영화 만드는 사람으로서
의도적으로 최대한 자극적인 요소들을 빼고
길을 한번 가보려고 했다.
〈휴민트〉의 각본은 사실 10년도 더 된 이야기다.
다른 감독에게 연출을 맡기려고 했었는데,
각색된 각본이 마음에 들지 않았다.
그래서 몇 번 제작을 시도하다가 멈추기도 했다.

그런데 이게 이상하게도 떠나질 않았다.
뭔가 아직 덜 끝난 이야기처럼 계속 마음에 남았다.
어느 날 문득, 지금의 나로 이 이야기를
다시 들여다봤다.
그리고 깨달았다.
이건 예전의 내가 아니라,
지금의 내가 만들어야 하는 영화구나.
나도 이제 쉰을 넘겼다.
예전엔 젊은 에너지로 밀어붙이고, 거칠게 튀고,
자극을 더해서 한 걸음 더 나아가려고 했는데
지금은 그런 방식이 나에게 맞지 않는다.
그걸 인정하는 데 시간이 조금 걸렸다.
그래서 이번엔 의도적으로 자극을 많이 뺐다.
말을 줄이고, 침묵을 길게 두고,
유머를 없애고, 슬픔마저도 절제했다.
여백에서 감정이 자연스럽게 흘러나오도록 놔뒀다.
대중영화가 요구하는 문법이나 화법을
조금은 벗어나려고 노력했다.
대사 없는 20분을 그대로 스크린에 올리는 선택은
예전의 나였으면 절대 못 했을 거다.
물론 나는 여전히 몸이 부딪히고 깨지는

액션을 좋아한다.
그건 습관이고, 취향이고, 내 DNA 같은 거다.
하지만 이번엔 그 액션이 단순한 '대결'이 아니라
외로움, 흔들림, 관계의 균열과
맞물려야 한다고 느꼈다.
사람 사이에 생기는 작은 틈을 찍고 싶었다.
왜 지금이냐고 묻는다면,
아마 나이와 경험이 만든 자연스러운 흐름이라고
말할 수 있을 것 같다.
젊었을 때는 도저히 손이 안 가던 이야기인데
지금은 오히려 이런 이야기가 더 선명하게 보인다.
그래서 〈휴민트〉는 내게 실험이면서
동시에 고백이다.
앞으로 내가 어떤 방식으로 영화를 해야 할지,
얼마만큼 내려놓고 얼마나 붙잡아야 할지를
나한테 묻는 과정이기도 했다.
관객이 이 영화를 어떻게 받아들일지는 나도 모른다.
이 영화를 본 지승호 작가는
하드보일드 고전 영화 같은 느낌이 든다고 했다.
많은 관객들이 클래식한 느낌으로 받아준다면
창작자로서 정말 행복할 것 같다.

그리고 분명한 건,

이 작품을 통해 내 다음 영화가

어디로 가야 하는지 조금 더 선명해졌다는 것이다.

그런 의미에서 〈휴민트〉는 내게

분기점이 될 수밖에 없는 영화다.

관객이 좋아하는 그 배우의 매력

영화를 만들 때 내 취향보다
관객이 느끼는 배우의 매력을 더 중요하게 생각한다.
배우를 캐스팅할 때도
'내가 좋아하는 배우'보다
'관객이 좋아하는 그 배우가 왜 매력적인가'를
먼저 생각한다.
그 매력을 스크린 안에서
어떻게 극대화시킬 수 있을지 고민한다.
그 배우가 가진 매력이나 사람들이
그 배우를 좋아하는 이유는 분명히 있다.
그걸 모른 채 내 방식대로만 쓰면,
그 배우를 좋아하는 관객은 낯설고 불편할 수 있다.
그래서 나는 배우를 내가 만든 캐릭터에
억지로 끼워 맞추지 않는다.
오히려 그 배우가 가진 매력과 리듬, 온도가

자연스럽게 드러나는 상황을 만든다.
결국 영화는 관객과의 소통이다.
그 소통의 최전선에 서 있는 게 배우다.
그 배우가 가진 리듬을 살려주는 게 감독의 일이다.
그래서 나는 늘 배우와의 '톤 조율'을 중시한다.
배우와 상의하고, 실험하며
내 연출과 그들의 해석이 만나는 지점을 찾는다.
그게 감독의 역할이라고 생각한다.

의도하지 않은 담론

〈밀수〉를 개봉했을 때,

"〈도둑들〉의 페미니즘 버전"(오동진 평론가)이라는

평을 들었다.

'여성 투톱 영화의 흥행 성공'이라는 면이

페미니즘 관점에서 주목도 받았다.

고맙지만, 그건 내 몫이 아니다.

나는 페미니즘에 입각해서 영화를 만든 게 아니다.

단지 범죄와 멀리 있던 인물들이

범죄의 중심으로 들어가는 과정이

흥미로웠을 뿐이다.

그 이야기를 바다, 그리고 해녀라는 배경에

담았을 뿐이다.

그들이 여성이라서 위기감이 더 커졌고,

물속이라는 공간이 새로운 시각적 표현을

가능하게 했다.

〈델마와 루이스〉도 처음부터 페미니즘 영화로

기획된 건 아니지 않나.

시대가 그렇게 해석한 것이다.

담론은 늘 사후에 생성되는 것이라고 생각한다.

영화를 둘러싼 해석과 평가는

감독의 손을 떠난 순간부터 관객의 것이다.

그건 더 이상 내 몫이 아니다.

최소한의 가난

감독은 '끊임없이 선택해야 하는 노동자'라고
생각한다.
그 수많은 선택 앞에서 내가 스스로에게 묻는 건
단 하나다.
"본질이 뭐지?"
지금의 기준을 말하라면, 이렇다.
품위를 잃지 말자.
그리고 영화가 진짜 요구하는 것에 집중하자.
'영화에 집중한다'는 건
단순히 내 취향을 구현하는 게 아니다.
극장에서 관객과 마주하는 그 순간,
서로의 감정이 닿는 그 상호작용이
곧 완성이라고 생각한다.
선택의 기준은 결국 감感이다.
정해진 공식이 없는 일이다.

항상 낯설고, 항상 모험이다.
그래서 재밌고, 그래서 괴롭다.
이젠 확신보다 의심이 많아졌다.
예전엔 밀어붙였지만,
지금은 "내가 관성에 기대고 있는 건 아닐까?" 하는
두려움이 생긴다.
무언가 수월하게 흘러가면, 오히려 불안하다.
"내가 지금 안주하고 있는 건 아닐까?"
대중영화를 만드는 사람으로서
익숙함과 새로움의 균형이 늘 숙제다.
머릿속 개념은 있어도 그걸 어떻게 구현할지
생각하는 것은 매번 새롭고 어렵다.
그래서 나는 중심에서 한 걸음 떨어져 산다.
사람 많은 곳을 피하고, 사무실도 외진 곳에 둔다.
스스로를 통제하지 않으면 순식간에 도태된다.
그게 두려워서다.
업계 사람들과 자주 만나면 위안은 생기지만,
작품엔 도움이 안 된다.
나는 최소한의 가난을 유지해야 한다.
그게 내 방식의 긴장 유지다.
이제 나는 브레이크 없는 차가 아니다.

오르막과 내리막을 조절해야 하는 운전자다.

무조건 달리던 시절은 지났다.

이제는 '영화 자체'라는 본질에 더욱 집중하며 간다.

우리끼리 재미있는 걸 해보자

〈베테랑〉의 출발은 가볍고 단순했다.

〈베를린〉을 만들고 난 뒤

정신적으로, 육체적으로 완전히 탈진한 상태였다.

체중이 54킬로그램까지 빠졌을 때,

황정민 선배가 내게 말했다.

"얼굴이 왜 이래? 다음에 뭘 하든 무조건 할게.

캐스팅 걱정 말고 우당탕탕

우리끼리 재밌는 거 한번 해보자."

그 한마디가 영화의 시작이었다.

그때 마침 사회적으로도 공분을 일으키는

사건들이 터졌다.

창작의 불이 붙었다.

추석 연휴 동안 시나리오 초고를 단숨에 썼다.

그 초고를 황정민 선배에게 보냈더니,

그는 대충 훑어보고 한마디 했다.

"할게."

나는 초고를 빨리 쓰지만, 수정은 오래 걸린다.

〈베테랑〉도 마찬가지였다.

인물의 깊이를 다듬는 데 시간이 많이 걸렸다.

그 중심에는 한 형사가 있었다.

〈부당거래〉를 만들 때 도와준 실제 형사였다.

〈부당거래〉를 보고 그 친구가 내게 말했다.

"형님, 이건 아니죠."

그 말이 오래 남았다.

〈부당거래〉는 그해

'경찰들이 뽑은 가장 싫어하는 영화'였다.

그래서 미안했다.

'이렇게 멋있는 형사도 있다'는 걸 보여주고 싶었다.

〈베테랑〉은 그 빚을 갚는 영화였다.

그리고 결과적으로

'경찰들이 뽑은 가장 좋아하는 영화'가 되었다.

서도철이라는 캐릭터는 두 사람의 결합이다.

실제 형사의 인간미와 정의감,

그리고 황정민 선배의 에너지.

황정민 선배는 서도철과 닮았다.

사람 자체가 그렇다.

"우리끼리 재미있는 걸 해보자."

그 단순한 마음이

〈베테랑〉이라는 날카롭고도 유쾌한 영화를 만들었다.

결코 변하지 않는 것

나는 기술이 아무리 발전해도,
영화의 기본은 변하지 않는다고 믿는다.
결국 마지막까지 남는 건
인간에 대한 관찰과 고민의 태도다.
나에게 영화는 언제나 인간의 삶을 담아내는 일이다.
고대 연극부터 지금의 블록버스터 영화까지,
관객이 원해온 건 결국 '드라마'였고,
그 드라마는 '인물'에서 시작한다.
관객은 자신이 몰입할 수 있는 인물을 통해
드라마를 경험한다.
그 인물을 만들어내려면 인간을 관찰하고,
인간에 대해 고민하는 태도는 절대 사라져서는 안 된다.
요즘 영화 산업이 위기라고들 한다.
스크린을 찾는 사람은 줄고,
콘텐츠의 선택지는 무한히 늘어났다.

이제 영화는 더 이상 '특별한 존재'가 아닐 수도 있다.
하지만 이런 시대일수록
인물에 대한 깊은 시선,
인간적인 감각으로 드라마를 구성하는 힘이
더 중요해진다.
아이러니하게도,
나는 인간에 대해 점점 회의적이 되어간다.
예전에는 타인을 이해하려 애썼지만
지금은 "사람은 고쳐 쓰는 게 아니다"는 말에
조금씩 동의하게 된다.
교육이 사람을 바꿀 수 있을까?
좋은 게 정말 누구를 위한 '좋음'일까?
점점 판단을 유보하게 되고,
모든 것으로부터 거리를 두려 한다.
그런 감정이 내 영화에도 자연스럽게 스며든다.
나는 메시지를 외치는 대신,
관객이 인물을 통해 삶과 세계를
경험하게 만드는 방식을 택한다.
그 중심엔 언제나 인간을 바라보는,
'인간이란 무엇인가' 하는 것에 대해
끊임없이 질문하는 태도가 있다.

관람이 아닌 체험

〈군함도〉를 만들 때 나는 한 가지 생각뿐이었다.
"관객이 그 상황 속에 직접 들어가 있는 듯한
경험을 주고 싶다."
단순히 보는 영화가 아니라, 체험하는 영화.
아이맥스, 돌비 애트모스, 스크린X …
기술은 분명 관객의 감각을 자극한다.
하지만 진짜 몰입은 기술이 아니라 감정에서 온다.
아이맥스보다 중요한 건,
관객이 인물에게 얼마나 감정적으로 몰입하느냐
하는 것이다.
그래서 나는 카메라를 배치할 때마다
'관객이 그 자리에 있다면 어떤 시선일까'를
먼저 떠올린다.
대사는 문어체 대신 구어체로,
연기는 실제 사람들이 반응하는 방식으로.

배우가 그 인물의 경험을 '진짜로 느끼게'
만드는 게 중요했다.
기억을 끌어내거나, 직접 체험을 시키거나,
혹은 치열한 취재를 통해 현실감을 쌓았다.
그 '체험'은 단지 고통의 재현이 아니다.
관객이 인물과 함께 숨 쉬고, 무게를 나누는 것.
그게 내가 생각하는 영화적 몰입이다.

영화를 2년에 한 번씩 만드는 이유

30년 가까이 영화를 만들었지만,
매번 처음처럼 낯설다.
〈베테랑 2〉처럼 이미 만든 인물을 다시 다룰 때조차,
항상 새로운 길을 걷는 기분이었다.
아직도 영화는 나에게 미지의 영역이다.
형식이나 기술로 설명되지 않는 무언가가 있다.
그게 나를 계속 현장으로 부른다.
얼마 전 고레에다 히로카즈 감독의 〈괴물〉을 보고
깊은 충격을 받았다.
단순하고 절제된 영화인데,
그 감정의 파동이 엄청났다.
그건 기술이 아니라 예술의 영역이었다.
형식적으로는 조미료 하나 없는 듯한
단출한 영화지만,
관객을 강하게 흔들어놓는 그 감정의 파동은

단순히 '연출이 좋다' '연기가 뛰어나다'는
말로는 설명되지 않았다.
그것이 바로 영화의 마법이라고 생각한다.
나는 특별한 재능이 있다고 생각하지 않는다.
그래서 계속 시도하고, 실패하고,
가끔은 조금 성취한다.
그게 나한테 맞는 방식이다.
2년에 한 번 영화를 만드는 이유가
생계 때문만은 아니다.
어떻게 하면 좀 더 잘 만들 수 있을까,
그게 궁금해서 계속 시도해보는 것이다.
그게 내가 영화를 멈추지 못하는 이유다.
기술로는 설명되지 않는,
조합을 넘어선 '그 무언가'를 찾기 위해.
이 호기심이야말로 내가 창작을 멈추지 않는 이유다.

진정한 디렉션

처음엔 배우가 되고 싶었다.
성룡을 보며 액션 스타의 꿈을 꿨다.
점심을 굶어 VHS 카메라를 사고,
종로에서 8밀리 필름을 구해 친구들과 찍었다.
직접 몸을 던져 액션 연기를 했다.
그러다 고등학교 때 영화 잡지를 보게 됐다.
〈로드쇼〉 창간호.
그때 처음 '감독'이라는 존재를 알았다.
그때부터 무게 중심이 연출 쪽으로 옮겨갔다.
오디션 대신 연출부에 자원했고,
간헐적으로 단역을 하긴 했지만
마음은 이미 연출 쪽에 있었다.
데뷔작 〈죽거나 혹은 나쁘거나〉에서
연기자로도 주목을 받았지만
이창동 감독님으로부터 〈오아시스〉 출연

제안을 받았을 때 내 선택은 명확했다.
이창동 감독님의 연출을 직접 경험하고 싶었다.
연기는 관찰이었다.
감독의 디렉션을 몸으로 배우는 시간이었다.
〈성냥팔이 소녀의 재림〉, 〈봄날은 간다〉, 〈친구〉 등
여러 주연, 조연 제안이 들어왔지만 모두 거절했다.
배우로 살면 마음이 들뜰 것 같았다.
나는 연출을 해야 한다고 생각했다.
〈오아시스〉 현장에서 배운 건 기술이 아니라 태도였다.
이창동 감독님은 디렉션을 거의 주지 않았다.
그 대신 그 인물로 현장에서 살아 있기를 원했다.
사전 리허설보다 중요한 건,
배우가 현장에 서너 시간 먼저 와서
스스로 상태를 만들어가는 거였다.
그때 알았다.
장르 안에서의 리얼리티와 디테일이
얼마나 중요한지,
배우에게 '진짜 같은 순간'을 요구한다는 것이
무엇인지를 체득했다.
나는 장르 안에서 세상을 구축한다.
이창동 감독님은 장르 바깥에서 세상을 구성한다.

종목이 다르다.

하지만 '진짜처럼 믿게 만드는 사실성'은

나 역시 끝까지 추구하는 가치 중 하나다.

타협과 조율의 원칙

영화를 만드는 일은 타협과 조율의 연속이다.
하지만 나는 두 가지를 명확히 나눈다.
절대 타협할 수 없는 것,
그리고 상황에 따라 선택해야 하는 것.
현장에선 이런 생각이 든다.
'이 장면은 꼭 필요하다.'
'이 소품은 반드시 있어야 한다.'
그런데 편집 단계에 가면,
그렇게 집착했던 것들이 없어도 괜찮은 경우가 많다.
그래서 요즘은 늘 묻는다.
'이게 정말 필요한가?'
그 질문 끝에 '있어야 한다'는 결론이 나오면
그건 진짜 필요한 것이다.
나는 무엇이든 '확 꽂히는' 걸 경계한다.
밸런스를 무너뜨릴 수 있으니까.

다만, '가짜처럼 보이는 순간'을 없애는 건
양보할 수 없다.
병원이라면 병원답게
공연장이라면 공연장답게
관객의 움직임이 살아 있어야 한다.
사실성이 무너지면 영화 전체가 흔들린다.
물론 현실적 제약은 늘 있다.
시간, 예산, 인력…
그 안에서 최선을 찾아야 한다.
'배우의 연기가 더 중요할까,
의상의 완성도가 더 중요할까?'
그 판단은 매 순간 다르다.
어떤 장면은 배우의 움직임을 살리는 게 답이고,
또 어떤 장면은 의상을 고수해야 하는 경우도 있다.
현장에선 부서 간 충돌이 생긴다.
카메라, 조명, 미술, 사운드, 특수효과…
모두가 자기의 최선을 주장한다.
그럴 때 필요한 게 조율이다.
서로 예민해지는 순간마다
"이건 타협이 아니라,
지금 상황에서 최선의 결과를 찾는 선택이다."

그렇게 설득해야 한다.

현장의 에너지를 유지하는 것도 감독의 몫이다.

나도 화날 때가 많다.

하지만 결국은 사람들과 같이 죽는 소리도 하고,

"한 번만 도와줘요" 하고 부탁하며

현장을 끌고 간다.

결국 영화는 관객이 '진짜라고 믿을 수 있는 순간'을

만드는 과정이다.

그걸 위해선 수많은 선택과 갈림길을 거쳐야 한다.

그게 내가 현장을 지탱해나가는 원칙 중 하나다.

배우들의 앙상블

〈베를린〉을 연출할 때 가장 어려웠던 건,
서로 다른 결을 가진 배우들을
한 화면 안에 담아내는 일이었다.
한석규, 하정우, 전지현, 류승범, 이경영…
이름만 들어도 무게감 있는 배우들이 모였지만,
연기 스타일은 제각각이었다.
나는 연출이란 결국 배우의 연기를 만지고,
방향을 제시하면서 조화를 만들어내는 일이라고
생각한다.
잘 만든 영화일수록 배우들의 앙상블이
정확히 맞아떨어진다.
그게 연출의 기본이다.
〈베를린〉은 장르 특성상 톤을 낮춘 영화였기 때문에,
배우들이 자기 연기에 도취되거나
나르시시즘에 빠지면 균형이 쉽게 무너질 수 있었다.

다행히 모두 작품의 완성도를 최우선으로 두었고,
결과적으로 영화는 내가 의도한 톤과 무드에
안정적으로 도달했다.
특히 경영이 형이 현장을 잡아준 게 컸다.
연출부 막내 시절부터 이어온 인연이기도 한데,
그 형이 중심을 잘 잡아주지 않았다면
정말 힘들었을 것이다.
결국 그 작품은 승범이에게도 경력에서
가장 좋은 연기로 남았고,
하정우, 전지현, 한석규 역시 묵직한 존재감으로
자신의 위치를 지켜내며 앙상블을 완성했다.

2장

관계

"인류학의 목적은 서로 달라도 괜찮은 세상을 만드는 것이다."

—루스 베네딕트Ruth Benedict

류승완 감독의 영화 세계를 말할 때 '관계'를 빼놓을 수 없다. 그는 영화를 만드는 전 과정을 '협업의 기술'로 이해한다. 이번 인터뷰에서 드러난 관계의 문제는 단순한 친분이나 정서적 유대가 아니라, 창작의 품질을 결정하는 가장 현실적인 힘으로 다뤄졌다.
감독과 배우, 감독과 스태프, 제작자와 창작자 등 여러 축이 얽힌 현장에서 류 감독은 '오해를 줄이는 방식'을 끊임없이 고민해왔다. 그는 좋은 관계가 곧 좋은 영화로 이어진다는 단순한 명제를 믿는 사람이 아니다. 오히려 관계는 언제든 불편해질 수 있으며, 그 불편을 잘 관리하는 능력이 곧 창작자의 내공이라는 태도를 보여준다.
그래서 그는 '액션보다 리액션'을 잘해주는 사람, 현장의 분위기를 해치지 않는 사람을 최우선으로 둔다. "애들한테 칼침이나 안 맞았으면 좋겠어"라는 그의 말에는, 관계를 통해 현장을 지켜내려는 현실적 감각과 두려움이 함께 담겨 있다.
이 장에서 독자들은 류 감독의 말 뒤에 있는 오랜 시행착오를 읽게 될 것이다. 그는 실패한 관계들, 오해가 쌓였던 작업들, 서로의 기대가 어긋났던 순간들을 숨김없이 꺼내놓는다.
흥미로운 점은, 그의 솔직함이 감정적 고백에 머무르지 않고 점차 '관계를 작동시키는 시스템'으로 이어졌다는 사실이다.
이번 인터뷰를 통해 나는 '류승완의 관계론'이 결국 서로를

'영화의 언어'로 이해하려는 노력의 축적이라는 점을 다시 확인했다. 독자들은 이 장에서 단순한 관계의 기술을 넘어, 타인과 함께 창작을 지속하기 위해 필요한 용기와 균형감각을 발견하게 될 것이다.

결국 류승완이 바라는 것도 다르지 않다. 서로 달라도 괜찮은 세상을, 영화라는 현장에서부터 만들어가는 것.

이번 인터뷰를 통해 나는 '류승완의 관계론'이 결국 서로를 '영화의 언어'로 이해하려는 노력의 축적이라는 점을 다시 확인했다. 독자들은 이 장에서 단순한 관계의 기술을 넘어, 타인과 함께 창작을 지속하기 위해 필요한 용기와 균형감각을 발견하게 될 것이다.

결국 류승완이 원하는 것은 '서로 달라도 괜찮은 세상을 만드는 것'이다.

감독의 생존법

영화에는 수백 억의 자본과 수천 명의 스태프,
엑스트라, 배우들이 얽혀 있다.
감독의 일은 그 복잡한 관계를 견디고, 조율하고,
책임지는 일이다.
'관계'는 그 자체로 영화의 근간이고,
감독의 핵심 역량이다.
영화는 혼자서는 아무것도 할 수 없는 매체다.
사람들과 부딪히고, 그 안에서 배우고,
실수를 줄여나간다.
결국 영화는 관계의 예술이다.
나 역시 끊임없이 조율하고, 다듬고, 책임지는
이 관계의 무게 속에서 감독의 존재 의미를 찾는다.
영화는 늘 사람과의 일이다.
나는 그 관계 안에서 '유머 감각'을
특히 중요하게 본다.

박정민, 조인성과 호흡이 좋았던 이유도
그 덕분이다.
유머 감각이 맞는다는 건
단순히 웃기다는 뜻이 아니라,
리듬이 통한다는 의미다.
나는 예능 프로그램 섭외 1순위였던 시절도
있을 만큼, 유쾌한 소통을 중시한다.
아무리 연기를 잘해도 관계에서 에너지를 빼앗는
사람과는 일하지 않는다.
영화는 에너지를 많이 쓰는 작업이다.
그래서 팀워크는 곧 정서적 리듬이자,
작업의 뼈대가 된다.
또한 나는 가정이 사회적 안정의
최소 단위라고 생각한다.
그 신념은 사회에 대한 시선으로도 이어진다.
사람한테 상처받으면 사람으로부터 위로받고,
극복하고, 그런 게 있어야 되는데,
요즘은 다 차단해버린다.
사람과 사람 사이의 회복력,
공동체의 복원을 무엇보다 중요한 가치로 본다.
디지털 시대의 익명성과

감정의 배설 문화를 경계하며,
표현의 자유가 자정 기능 없이 흘러갈 때
생기는 상처를 우려한다.
요즘은 표현이 정화 기능을 상실한 상태에서
끊임없이 배설만 하고 있는 세태가 걱정스럽다.
그래서 '관계의 균형' 안에서,
감독으로서 생존하는 법을 찾고 있다.

액션보다 리액션

나는 요즘 점점 '액션'보다 '리액션'을
더 중요하게 느낀다.
현장에서 함께 일하는 사람들의 리듬에 맞추는 일,
그것이 바로 리액션이다.
자기 표현보다 남의 흐름을 읽고 반응하는 능력.
그게 진짜 프로의 태도라고 생각한다.
아무리 실력이 뛰어나도 팀워크를 해치거나
관계의 에너지를 소모시키는 사람과는
함께 일하지 않겠다는 분명한 기준이 있다.
'리액션이 곧 이성'이라는
판단 기준을 세웠다고 할 수 있다.
영화는 협업의 예술이기 때문이다.
영화를 한 편 만드는 건
에너지를 엄청 소모하는 일이다.
똘똘 뭉쳐서 해도 시원치 않은데,

모가 난 누군가에게 계속 신경을 써야 한다면
에너지가 빠져나간다.
그래서 나는 자신의 액션보다
리액션을 성실히 해주는 사람들과 작업하고 싶다.
현장의 에너지를 흩트리는 사람보다,
함께 걷는 속도에 맞춰 조율하고 호흡할 수 있는
사람이 더 소중하다는 뜻이다.
'리액션'은 단순한 반응이 아니라,
관계 안에서 자신의 자리를 잘 지키는 태도다.

사람을 대하는 것의 어려움

관계의 긍정적인 면만을 보지는 않는다.
사람을 대하는 일은 언제나 쉬운 일이 아니며,
때로는 설명할 수 없는 고통을 남기기도 한다.
내가 뭘 잘못했는지도 모르는데
누군가에게 미움을 산 적이 있다.
나는 싫어하는 사람은 확실히 밝히고
그냥 안 보면 된다고 생각하는데,
반대로 나를 싫어하는 이유를 알 수 없을 때가 있다.
그게 가장 힘들다.
관계를 잘 맺고 싶은 사람일수록 상처도 깊다.
나 역시 수많은 사람과 함께하는 직업을 가진 만큼,
관계의 그늘도 많이 겪어 왔다.
그래서 나는 사람과의 관계를
단순히 '좋은 팀워크'가 아니라,
끊임없이 배우고, 실수하고, 반성하고,

다시 연결되는 과정 그 자체라고 생각한다.

마지막 얼굴

나는 종종 영화의 마지막을 '얼굴'로 끝낸다.
〈주먹이 운다〉, 〈짝패〉, 〈다찌마와 리〉, 〈군함도〉,
그리고 〈베테랑 2〉까지.
이 영화들은 처음부터
마지막 얼굴을 향해 달려간 작품들이다.
어떤 한 인생의 고비,
격정적인 순간을 지나온 사람의 얼굴.
그건 어떤 스펙터클보다 강렬하다.
내게 영화는 결국
인간 삶의 한 단면을 담는 예술이다.
그래서 주인공의 마지막 표정과 눈빛은
그 영화가 전하려는 감정의 마지막 문장이다.
풍경은 잊혀질 수 있어도,
그 얼굴은 오래 기억된다.
〈모가디슈〉의 마지막 장면에서

두 인물(남북의 두 대사)이 버스를 타고
각자 떠나던 얼굴들,
그 장면 하나 때문에 영화를 만들었다고 해도
과언이 아니다.
〈군함도〉도 마찬가지였다.
인생의 고비를 지난 사람의 얼굴,
그 표정 하나 하나가 내겐
영화의 모든 걸 말해주는 핵심이다.
누군가 나에게 영화란 무엇이냐 묻는다면,
"인간 삶의 한 조각을 담는 예술"이라고
답할 것이다.
그래서 마지막 얼굴이 중요하다.

배우, 자유를 담보잡힌 자

배우는 자기 자신을 온전히 드러내고
살아가는 사람들이다.
그들의 감정 상태가 그대로 화면에 찍힌다.
수백억 원의 예산, 수천 명의 관객,
수십 명의 스태프가 만드는
거대한 스펙터클의 중심에는
결국 한 명의 배우가 있다.
그래서 나는 배우를 "스타"보다
"자유를 담보로 잡힌 사람들"이라고 부른다.
자유는 인류가 오랜 시간 싸워서 얻어낸 가치지만,
배우들은 그 자유를 일부 포기하고 산다.
사생활을 잃는 대가로 대중 앞에 서고,
감정을 쏟아붓는 노동을 감내한다.
그렇기에 배우의 예민함은
비난보다는 이해와 존중의 대상이어야 한다.

영화는 단순히 장면의 나열이 아니다.
배우가 감내한 시간과 감정이 응축된 얼굴이
영화에 담긴다.
그 얼굴이 무너지지 않게
매일 사람과 감정 사이에서 균형을 잡는다.
대중은 종종 묻는다.
"왜 그렇게 배우만 챙기느냐."
하지만 배우는 적게는 수십만,
많게는 수백만 명을 상대로
자신의 감정을 드러내야 하는 사람들이다.
그들의 삶은 밖에서 보는 것보다
훨씬 좁고 답답하다.
문제는 그들에 대한 사생활 침해가
점점 더 심해지고 있다는 것이다.
어떤 사건이 터지면 수사나 확인도 하기 전에
이미 여론이 판결을 내려버린다.
가짜 정보가 몇 개만 떠돌아도
그것이 곧 진실처럼 굳어지고,
작품은 세상에 나오기도 전에 문이 닫힌다.
나는 이렇게 생각한다.
"검열이 사라져서 한국 영화가 성장했는데,

지금은 다른 방식의 사전 검열이 생겼다."
작품은 공개된 후에 평가받아야 한다.
창작자의 사적 문제와 작품의 가치는
분리해서 봐야 한다.
물론 이건 예민한 문제지만,
사전 배척은 창작 환경을 위축시킨다.
'공인'이라는 말도 늘 마음에 걸린다.
"우린 공복公僕이 아니잖아요.
그냥 유명한 자영업자일 뿐이에요."
이 말엔 웃음이 섞여 있지만,
그 속엔 내가 배우의 삶을 오래 지켜보며 느낀
실감이 들어 있다.
높은 개런티 논란에 대해서도
나는 이렇게 말한다.
"그건 자유와의 맞교환이에요.
밥 한 끼 편히 먹을 수 없는 삶,
대중목욕탕에도 못 가는 일상.
그게 배우의 현실이거든요."

그렇게 생겨먹은 불완전한 존재

사람 사이의 갈등과 실수는 피할 수 없는 일이다.
나는 사람을 '그렇게 생겨먹은 존재'라고 생각한다.
누구나 상처를 주고받고, 실수하고, 후회하며 산다.
중요한 건 그 불완전함을
부정하거나 숨기지 않고 인정하는 일이다.
배우, 스태프, 관객까지.
그 누구와의 관계도 당연하거나 편하지 않다.
하지만 그 불편함을 기꺼이 받아들인다.
왜냐하면 그 불완전한 사람들과 함께
영화를 만든다는 것 자체가
이미 하나의 위대한 공동 작업이고,
동시에 삶의 은유이기 때문이다.
그래서 영화는 늘 어렵지만,
결국 사람 때문에 포기할 수 없는 일이다.
이런 내 태도와 마음을 알아봐주는 사람들이 있다.

〈해결사〉를 준비할 때였다.
권혁재 감독의 데뷔작이었는데
투자 유치에 번번이 실패했다.
그때 설경구 형이 전화를 걸어 이렇게 말했다.
"나는 이 영화를 할 거니까,
너희들이 포기만 하지 않으면 나는 기다릴게."
그 한마디에 눈물이 났다.
영화란 결국 믿을 수 있는 사람과 함께
완성하는 작업이라는 걸 다시 느꼈다.
이 인연의 배경은 길고 복잡하다.
〈부당거래〉는 처음엔 다른 감독이 맡았다가 하차했고,
몇 차례 돌고 돌아 나에게 다시 돌아왔다.
그 와중에 조감독이던 권혁재의 데뷔를 돕고 있었다.
천호동의 낡은 사무실을 직접 칠하고,
창고 짐을 꺼내 정리하며 각본을 썼다.
그 대본을 설경구 형에게 건넸고,
형은 긍정적으로 읽었다.
하지만 투자사들은 하나같이 고개를 저었다.
내가 준비하던 또 다른 시나리오
〈내가 집행한다〉도 마찬가지였다.
부산영화제 PPP(부산 프로모션 플랜)까지 갔지만 표류했고,

20세기폭스 본사까지 찾아가 피칭했지만 무산됐다.
결국 형에게 전화를 걸어
“우리가 최선을 다했지만 더는 어렵다”고 사과했다.
그때 형이 〈해운대〉 무대인사 중이었는데,
전화를 걸어왔다.
“기다릴게.”
그 뒤 투자배급사 NEW가 체제를 새로 갖추면서
〈해결사〉가 제작에 들어갔고,
나는 〈부당거래〉를 찍을 수 있었다.
〈해결사〉는 큰 흥행은 아니었지만
나쁘지 않은 성적을 거뒀고,
〈부당거래〉도 270만 관객과 함께
비평적으로 높은 평가를 받았다.
그건 결국 신뢰의 결과였다.

피해의식이라는 마음의 벽

함께 일하는 사람들과의 관계에서
가장 경계해야 할 감정이 있다.
바로 피해의식이다.
아무도 비난하지 않았는데
스스로 상처받았다고 느끼고,
그 감정을 남 탓으로 돌리는 태도.
그 마음이 쌓이면 관계는 망가지고,
자신도 지쳐버린다.
예전에 함께 일했던 배우 중에 그런 친구가 있었다.
아무도 뭐라 하지 않았는데
늘 자기가 피해자라고 생각했다.
그러다 보면 결국 자기 외에는
모두 가해자가 되어버린다.
그 마음이 이해는 됐다.
나도 예전에 그랬던 적이 있으니까.

피해자라고 생각하는 순간
세상은 금세 적대적인 공간으로 변한다.
하지만 오래 함께해야 하는 영화판에서
그런 태도로는 관계를 지속하기 어렵다.
결국 누군가를 믿지 않으면,
아무리 실력이 뛰어나도 오래 버티지 못한다.
나도 가끔 그런 감정이 올라올 때가 있다.
그럴 때는 스스로 묻는다.
'내가 지금 뭘 방어하려고 이러는 거지?'
그렇게 감정의 실체를 들여다보면,
마음의 벽이 조금은 허물어진다.

증오와 혐오의 시대 속 예술가

〈밀수〉를 개봉한 후 예상치 못한 반응이 쏟아졌다.
여성과 중장년 관객의 호응은 높았지만,
젊은 남성 관객의 반응은 거칠었다.
나는 그 반응을 시대의 한 단면으로 받아들였다.
증오와 혐오가 만연한 시대고,
예술은 그 감정의 풍랑을 고스란히 맞는 것 같았다.
〈밀수〉는 로카르노 영화제, 토론토 국제 영화제,
시체스 영화제 등 해외 영화제에서도 상영됐다.
다른 문화권의 관객과 만나며,
이 작품이 얼마나 다르게 받아들여지는지 체감했다.
문화적 거리가 먼 지역에서는
70년대의 생활감과 유머 코드를 낯설게 느꼈다.
그때 진입 장벽을 느꼈던 관객들의 반응이 이해됐다.
다음에 비슷한 작업을 하게 된다면
표현 방식을 더 유연하게 가져가야겠다는

생각이 들었다.
나는 작품의 성패를
외부 요인 탓으로 돌리는 태도를 경계한다.
그렇게 되면 창작자는 끝없는 변명 속에 갇힌다.
〈밀수〉 개봉 즈음 대중들 사이에서
가장 크게 느껴지는 것은 분노의 감정이었다.
분당의 묻지마 칼부림 사건,
그리고 '칼부림 챌린지' 현상.
젊은 세대 안에 쌓인 상처와 증오가
그대로 드러났다.
"도대체 왜 이렇게 화가 나 있을까?"
그 질문이 오래 남았다.
이건 단순한 사회 현상이 아니다.
대중예술을 하는 사람이라면
이런 감정에 반응하고,
원인을 진단하고,
조금이라도 위로할 방법을 찾아야 한다고 생각한다.
분명한 건, 사람들이 뭔가에 지독하게
상처받아 있고,
그 상처가 너무 파괴적인 방식으로
표출된다는 점이다.

요즘의 온라인 반응을 보면 양자역학 같다.
있는 것 같으면서도 막상 확인하려 하면 사라지는,
어딘가에 존재하지만 실체가 없는 기묘한 흐름.
나에게 〈밀수〉는 결과적으로
단순한 장르 영화가 아니었다.
의도치 않게 시대의 정서를
정면으로 마주한 작품이었다.
세대별로 다른 반응 속에서 나는 다시 느꼈다.
증오와 혐오가 만연한 시대를 살아가는 예술가라면,
그 감정을 외면하지 않고 직면해야 한다.
그게 내 몫이라고 생각한다.

두 개의 진실

〈모가디슈〉를 만들며

가장 중요하게 여겼던 대사가 있다.

"살다 보면 진실이 두 개일 경우가 있습디다."

각자에게 각자의 진실이 있었고,

우리는 그 진실 안에서 살아간다.

진실은 하나라고 믿고 싶지만,

실제로는 모두 다르다.

믿음 역시 지극히 주관적인 감정이다.

누가 나를 믿어달라고 한 것도 아닌데,

나 스스로 기대고 스스로 실망할 때가 많다.

그래서 나는 믿음보다 소통을

더 중요하게 여기게 됐다.

믿음은 없어도 되지만,

소통은 반드시 필요하다.

키오스크와도 소통해야 음식이 나오는 법이다.

소통은 생존의 문제고,
믿음은 일종의 예술 같다.
있으면 삶이 풍요로워지지만,
없어도 살 수는 있다.
믿음과 소통은 같은 줄에 놓기 어렵다.
믿음을 확인하려는 순간 믿음이 깨질 때가 있었고,
오히려 불신 때문에 소통이 더 절실해지는
경우도 있었다.
그래도 영화는 결국 사람의 이야기고,
그 사람의 이야기는
언제나 믿음과 소통의 문제로 귀결된다.
그 주제가 내가 평생 다루고 싶은 것임을
재확인하곤 한다.

발리의 바다가 가르쳐준 것

〈군함도〉 이후 정말 힘들었다.

그때 승범이가 내게

“형은 제발 좀 놀아야 돼. 일주일만 시간 내서

가족들이랑 나랑 바다 좀 갔다 오자”고 했다.

결국 일주일이 아닌 닷새 휴가를 내고 발리로 갔다.

승범이가 바다 수영을 하자고 했다.

평생 해본 적 없는 일이었다.

승범이는

“형, 몇 년을 살았는데 바다 수영을 해본 적 없다고?”

놀라면서도 장난스럽게 말했다.

그러고는 저 멀리 정박된 요트를 가리키며

“저기까지만 가자. 그냥 ‘음파’만 하면서 따라와.”

나는 평영으로 따라갔다.

‘오, 되네’ 하는 순간, 물을 먹었다.

바다는 생각을 비우지 않으면 안 되는 곳이었다.

겨우 해변에 도착하자 승범이가
나를 보며 씩 웃었다.
"지구를 다시 밟은 소감이 어때, 형?"
영화 대사 같은 말이었다.
그때 발바닥에 닿던 모래의 감촉을
지금도 생생히 기억한다.
그 순간 이상하게 자신감이 생겼다.
그래서 다음 날, 더 멀리 나가보기로 했다.
하지만 어느 순간, '너무 멀리 왔다'는 생각이 들었고
또 물을 먹었다.
어푸어푸 하며 당황하고 있는데,
한 서양인 할머니가 너무나 편안하게,
마치 욕조에서 둥둥 떠다니듯 수영을 해서 지나갔다.
그걸 보는 순간 마음이 놓였다.
'저 할머니도 하는데 나도 할 수 있겠구나.'
돌아와서 그 얘기를 승범이에게 했다.
"야, 너무 무서웠는데 어떤 할머니가 쑥 지나가더라.
그걸 보고 안심하고 돌아온 거야."
승범이는 크게 웃더니 이렇게 말했다.
"형. 사람이 싫고 사람한테 치여서 여기까지 온 건데,
바다에서 혼자 떠 있으니까

결국 형도 사람을 찾게 되잖아.
바다는 사람을 겸손하게 만들어."
그 말을 듣는 순간 내가 승범이를
함부로 대할 수 없는 이유를 알았다.
그는 내 후배가 아니라 선생님이었다.
그 발리의 바다에서, 나는 많은 것을 배웠다.
여전히 나는 감정을 완벽하게 다스리는 사람은 아니다.
아마 죽을 때까지도 그건 못 할 거다.
하지만 그때 결심했다.
남 탓하며 눈치나 보는 사람이 되지는 말자.
그건 내가 선택할 수 있는 일이다.

MZ 스태프와의 소통

스스로 여전히 젊다고 느낀다.
아이돌 이름을 줄줄 외우진 못하지만,
MZ 세대 스태프들과 일하는 데
장벽을 느끼지는 않는다.
'적응을 꼭 해야 하나?' 하는 의문이 들 때도 있다.
세대 간 소통은 '맞춤'이 아니라
'각자의 일에 충실함'에서 출발한다고 본다.
집에서 아이들과 대화를 많이 나눴듯,
현장에서도 MZ 세대 스태프들을
아이 또래의 친구처럼 대하려 노력한다.
억지로 가르치거나 기대하기보다,
스스로 배우고 성장하길 바란다.
집에서 아이들이 쓰레기를 버리지 않으면
내가 치우듯이, 현장에서도 그런 태도를 지키려 한다.
다만, 요즘 현장에서 아쉬운 건 '호기심의 부재'다.

예전엔 새로운 장비 하나만 들어와도
사람들 눈빛이 반짝였고,
신인 배우나 새로운 스태프와 만나는 순간이
설렘이었다.
이젠 영화 제작의 현장이 꽤 괜찮은 직장이 되면서,
직업으로 접근하는 사람이 많아졌다고 느낀다.
다음 장면이 뭔지도 모르는 채
그저 움직이는 스태프들을 볼 때
이런 변화가 확 다가온다.
그렇다고 그들을 탓하진 않는다.
각자의 역할에 충실하면 된다.
전문화와 분업화의 시대니까.
다만 '무기력함'만큼은 경계해야 한다고 생각한다.
무엇이 불만인지 명확히 말하며
저항하는 태도는 세상에 자극이라도 되지만,
이도 저도 아닌 무기력은 서로를 지치게 한다.
나는 기성세대가 젊은 세대의 목소리를
왜곡하거나 대변하려 드는 태도를 싫어한다.
"놀았으면 광장을 내줘야 한다"는
말은 비유가 아니라 내 진심이다.
하지만 나는 민주적인 환경에서만

영화를 만드는 감독이 아니다.
영화는 괴팍한 개인의 개성을 구현하는 작업이고,
그러기 위해서는 때때로 비민주적이고
날 선 리더십이 필요할 때가 분명히 있다.
그래서 나는 '맞출 수 없다'고 선언했고,
정직하게 욕도 하고 화도 낸다.
그게 오히려 진짜 소통이라고 믿는다.
"내가 모두 맞춰줄 수 없다.
너희도 나에게 맞춰라.
다만 그 선택은 너희가 해라."
타협이 아니라, 진정성 있게
각자의 자리를 지키는 것이 내 방식의 소통이다.
그리고 이것이 요즘 세대 간 소통이 필요한 시대에
가장 건강한 방식일지도 모른다고 느낀다.

도제와 분업 사이

요즘 현장은 공기가 달라졌다.
예전 현장은 열악했지만 에너지가 넘쳤다.
같은 꿈을 꾸는 사람들이 뒤섞여 단편을 기획하고,
밤새 토론하며 서로의 부족함을 메웠다.
시행착오도 많았지만
모든 것이 들썩이던 시간이었다.
그 에너지가 눈에 띄게 줄어들었다고 느낀다.
각자의 파트에 충실하지만,
영화라는 유기체적 작업 속에서
함께 몰입하고자 하는 태도는 줄어들고 있다.
전문성은 높아졌지만 몰입의 농도는 옅어진 것이다.
현장이 '꿈의 공간'에서 '직장'으로 변하고
분업화라는 장점이 생긴 대신 잃은 것도 많다.
예전엔 조명, 미술, 연출, 매니저까지
모두 한 팀처럼 움직였다.

소품 하나 옮길 때도 다 함께 움직였고,
와이어 액션을 찍을 때는
전 스태프가 와이어를 함께 당기곤 했다.
이젠 각 파트의 경계가 분명해지면서
"그건 내 일이 아니다"라는 말이 잦아졌다.
그 변화가 종종 슬프고, 허전하다.
나는 한국 영화 현장의 정체성이
과거의 도제 시스템과 현재의 분업 시스템 사이
그 어딘가에 있었다고 본다.
그 모호함 덕분에 서로를 이해하고
함께 움직일 수 있었다고 생각한다.
그 시절 사람들은 자기 위치에서
항상 한발 더 나아가려 했고
영화 현장은 분업보다는 융합에 가까웠다.
그 융합의 에너지가
한국 영화를 여기까지 끌고 온 힘이었다고 믿는다.

영화인이 좋은 직업이 되면서 생긴 아이러니

예전엔 영화·연극을 한다고 하면
늘 배고픈 직업으로 불렸다.
선배들의 밥과 술이 없으면 버티기 힘든 시절이었다.
표준계약서도 없었고, 처우도 열악했다.
시간이 흘러 산업이 정비되며 상황은 많이 나아졌다.
지금 막내 스태프 급여도 어느 정도 보장이 되고,
주 52시간, 휴일 보장, 억대 연봉의 퍼스트들이 나왔다.
현장은 '좋은 직업 환경'이 되었다.
좋아진 건 분명 반가웠다. 하지만 그 결과,
'좋은 직업이니까'라는 이유로
현장에 들어오는 사람들이 늘었다.
나는 '직업인 영화인'과
'창작자로 성장하려는 영화인'의
구분과 체계가 필요하다고 본다.
미국처럼 노조 기반의 직업 트랙과,

도제 시스템의 감독 트랙이 나뉘어야 하는데,
한국은 이도 저도 아닌 과도기에 머물러 있다.
다들 위로만 오르려다 데뷔 뒤에야
"차라리 조감독에 남을 걸" 하고
후회하는 친구들도 봤다.
영화가 망하면 다음 기회도 없고,
조감독으로 다시 돌아가기도 어렵다.
더 나아가 현장에는 '영화를 만들고 싶은 마음'보다
'안정적인 직업'으로서 접근하는 이들도 많아졌다.
풍족함이 주는 에너지 소모,
그리고 영화 현장 특유의 결핍과 열정이
사라지고 있다는 우려 역시 나오고 있다.
예전엔 결핍 속에서 똘똘 뭉치는 힘이 있었다.
지금은 매끈하지만, 종종 깊이가 사라지는 걸 느낀다.
모두 위기의식을 말하지만,
정작 구조와 방향을 다시 묻지는 않는다.
게다가 정보 과잉과 즉각적인 평가 문화가
창작의 본질을 흐리고 있다.
관람 후 차 한 잔의 대화가
별점과 데이터로 고정되고,
공식적인 평가가 되어버린다.

포스터·예고편과의 첫 만남 이전에
이미 판정이 내려진다.
모두가 판관이 된 시대,
스스로 진짜 좋아하는 걸
온전히 판단하기조차 어려워졌다.
나는 이럴수록 냉정해져야 한다고 말했다.
위기는 늘 있었고, 위기는 기회이기도 했다.
한국 영화는 좋아졌다가 나빠졌다가,
그걸 반복해왔다.
그래서 지금이야말로 근본적인 구조에 대해,
아주 차분하게 분석하고
고쳐나가야 할 시점이라고 생각한다.

나가서 사람을 만나면 모든 게 달라졌다

시나리오를 쓸 때 책상 앞에 앉아 있는 것만으로는

인물을 제대로 만들 수 없다.

나는 책상에만 앉아서

시나리오를 백번 써봐야 소용없다는 걸 배웠다.

나가서 사람을 만나면 모든 게 달라졌다.

좋은 인물은 책상에서 나오지 않았다.

거리에서 만났다.

정서와 디테일은 현장에서의 대화 속에서 생긴다.

그래서 취재를 무엇보다 중시한다.

특정 직업이나 인물을 다룰 때는

반드시 그 사람을 직접 만나려 한다.

말투, 생각, 행동까지 몸으로 느끼고 싶다.

하지만 쉬운 일만은 아니다.

이름이 알려진 뒤로는 사람들이

나를 있는 그대로 대하지 않는다고 느꼈다.

포장된 얼굴만 보이는 순간이 많았다.
그래서 오히려 조감독들의 관찰에 귀를 기울이고,
그들의 시선으로 세상을 다시 보려고도 한다.
길 가는 누구와 얘기를 나눠도 다 드라마가 있다.
자신의 삶을 진지하게 살아온 사람은
누구나 영화의 주인공이 될 수 있다고 믿게 됐다.
심지어 거짓되게 살아온 사람은
때로 더 흥미로운 이야기를 품고 있었다.
사기꾼 이야기들이 왜 그렇게 재미있는지
알 것 같았다.
다만 스스로 존경받을 위치에 있다고
믿는 사람일수록 인터뷰가 어려웠다.
말은 많은데 속은 보이지 않았고,
정치적인 언어만 흘러나왔다.
그럴 땐 차라리 솔직한 사기꾼이 더 나았다.
결국 좋은 영화의 출발은
책상이 아니라 거리라는 사실로 돌아왔다.
나는 오늘도 이렇게 되뇌인다.
"시나리오는 나가서 써야 한다."

애들한테 칼침이나 안 맞았으면 좋겠네

〈죽거나 혹은 나쁘거나〉에서
배중식의 대사는 여전히 유효하다.
"꿈? 그런 거 없어.
그런 걸 생각할 여유도 없었고, 지금도 그래.
그냥 애들한테 칼침이나 안 맞았으면 좋겠어."
그건 희망이 없다는 뜻이 아니라,
체념에 가까운 정서였다.
큰 꿈보다 하루를 무사히 살아내는 게
목표였던 시절이 분명 있었다.
지금은 달라졌지만,
그 감정이 내 안에서 완전히 사라지진 않았다.
나는 내가 잘나간다고 생각해본 적이 거의 없었다.
오히려 늘 스스로를 냉정하게 보려 했다.
자기 연민에 빠지지 않으려고 했다.
한번 빠지면 끝이 없다는 걸 알았기 때문이다.

그래서 의식적으로 거리두기를 해왔다.
감독으로서 받는 기대는 여러 갈래였다.
투자자는 흥행을, 평론가는 예술적 진화를,
관객은 '류승완식 무언가'를 요구했다.
누군가는 사회적 메시지를,
누군가는 화끈한 액션을,
누군가는 시원한 웃음을 바랐다.
그걸 모두 맞추려 하면,
정작 내가 뭘 하고 싶은지 잃게 된다.
그래서 조금씩 자유로워지려고 했다.
말은 이렇게 해도 매번 신경이 쓰였지만,
의식적으로 자유를 택하지 않으면
괴로워질 게 뻔했기 때문이다.
이름이 알려졌다는 사실도 부담이었다.
대중은 이미 '류승완은 이런 영화를 만든다'고
정해놓고 극장에 왔다.
내가 엉뚱한 걸 만들면 실망했다.
그건 숙명이었다.
그래서 나는 지금도 그 마음으로 영화를 만든다.
꿈을 외치기보다,
매번 애들한테 칼침 안 맞기를 바라면서.

관객에게도,

업계에게도,

그리고 나 자신에게도.

나를 놓치지 않기 위한 생존 방식

오랫동안 현장을 지켜보며
사람에 대한 나의 태도도 단단해졌다.
필요한 관계는 만들되,
불필요한 인맥은 만들지 않으려 한다.
의도적으로 관계를 확장시키지 않으려고 한다.
영화판에서 일하다 보면 자연스럽게 관계가 생기고,
그 관계가 어떤 영향력을 만들기도 한다.
그런데 그게 마냥 좋은 것만은 아니라고 느꼈다.
사람들이 나를 대할 때 이미
'감독 류승완'이라는 무게를
의식하고 있다는 걸 알았다.
그래서 더 조심했고,
오히려 더 선을 그으려 했다.
관계를 넓히면 넓힐수록,
나도 모르게 그 관계에 기대거나

뭔가를 얻으려 들 수 있었다.
나는 그런 게 별로였다.
그냥 있는 그대로,
나대로 있고 싶은 마음이 컸다.
내게 관계란 영화를 위한 협업의 수단이지,
사적 감정의 영역은 아니었다.
그래서 새로운 인연이나 네트워킹보다는
오래된 동료들과 더 자주 일하려 했다.
그게 일의 밀도와 방향을 잃지 않게 해줬다.
감독은 어떤 의미에서는 외로운 직업이다.
무수한 사람과 함께 일하지만,
마지막 결정은 혼자 내려야 한다.
그때 중요한 건 얼마나 많은 사람과
연결돼 있느냐가 아니라,
어떤 사람과 얼마나 진심으로 연결돼 있느냐다.
이것은 효율적인 동시에,
나를 지키기 위한 태도이기도 하다.
관계를 넓히지 않으려 애썼다는 건,
결국 나를 놓치지 않기 위한 생존 방식이었다.

스타를 '다룬다'고 하는 것이 과연 가능한가

고다르는

"모든 영화는 배우의 다큐멘터리"라고 했다.

나도 비슷하게 느낀다.

배우는 '다루는' 존재가 아니다.

통제의 대상이 아니라, 관계를 맺어야 할 사람이다.

초기엔 감독이 배우를 통제할 수 있다고 믿었다.

시간이 지날수록 그 생각은 무너졌다.

배우도 사람이다.

사람마다 결이 다르니 접근도 달라져야 했다.

배우라는 집단으로 묶어서 대하는 건 무리였다.

대중영화를 만들면서

흔히 말하는 '스타'와의 협업은 더 민감했다.

솔직히 "스타를 다룬다"는 표현에 의문이 들었다.

정말 다룰 수 있나?

오히려 잘 맞춰가야 하는 관계이지 않나?

캐스팅이라고 하지만 실상은 제안일 뿐이다.
결정은 배우가 한다.
감독과 배우 사이에는 늘 긴장이 흐른다.
각자의 욕망이 충돌하고,
때로는 조화를 이룬다.
그 관계는 가장 민감하고,
동시에 가장 중요하다.
관객은 배우를 보고 영화를 선택한다.
연출, 촬영, 미술이 아무리 좋아도,
결국 배우와의 관계가 작품을 이끈다.
그래서 나는 적정 거리를 유지하려 했다.
지나친 친밀함은 느슨함을 낳고,
적당한 긴장은 작품에 집중하게 만든다.
같은 배우와 연이어 작업하면
익숙함이 장점이 되기도 했지만,
해이함으로 이어질 수도 있었다.
그래서 새로운 배우들과의 작업을
주기적으로 시도했다.
〈모가디슈〉에서는 거의 대부분 처음 함께한
배우들과 함께했다.
나 자신에게 새 판을 열어주고 싶었고,

긴장을 유지하고 싶었다.
신선함을 위한 선택을 넘어,
내 연출 세계를 더 밀도 있게
만들기 위한 전략이었다.
나는 특정 배우를
'페르소나'라고 부르는 것을 경계한다.
자연스러운 궁합과 반복된 협업 속에서
쌓이는 신뢰가 있을 뿐이다.
전도연, 최민식, 정재영 같은 배우들과는
언제든 다시하고 싶다.
그래도 그들에게 '나의 페르소나'라는 이름은
붙이지 않는다.
그건 나중에 평론가들이 할 일이라고 생각한다.
감독으로서의 책임과 반성의 마음도 늘 가지고 있다.
〈피도 눈물도 없이〉에서 전도연 배우를
충분히 빛나게 하지 못했다는 아쉬움이
지금도 남아 있다.
그 배우의 개성과 잠재력을
내가 온전히 담아내지 못한 건
내 시야가 좁았기 때문이었다.
그렇다고 후회에 매달리진 않는다.

그때의 나는 가진 걸 다 쥐어짜며 만들었다.
결과가 기대만큼 아니었다면
그건 내 능력 부족일 뿐이었다.
하지만 뻔뻔하지 않았고, 놀지도 않았다.
그래서 후회는 하지 않는다.
결국 내게 배우는 늘 새롭게 마주해야 할 존재이자,
그 자체로 하나의 세계다.
그 세계와 충돌하고, 어울리고,
때론 실패하면서 나도 성장해왔다.
통제의 대상이 아니라
존중하고 설득해야 하는 동료로
배우를 바라보는 태도가 내 영화를
더 풍성하게 만든다고 생각한다.

배우를 다시 보게 된 순간들

배우를 다시 보게 되는 순간이 있다.
〈휴민트〉 작업 때 신세경 배우가 그런 경우다.
기본기가 워낙 좋고,
데뷔도 어린 시절에 해서 그런지
현장에서의 태도나 집중력이
이미 완성형에 가까웠다.
대사를 NG 내는 일이 단 한 번도 없을 정도로 준비가 철저했다.
준비란 누가 대신 챙겨주는 것이 아닌
스스로 다져온 기초다.
첫 대사 리딩 때, 그녀가 북한말 대사 치는 걸 듣고
정말 깜짝 놀랐다.
'아, 연습을 정말 많이 해왔구나.'
그 순간 많은 부분이 안심되면서,
이 배우와 이 캐릭터가 잘 연결되겠다는

확신이 들었다.
촬영 현장에서 사람들과의 관계도
굉장히 부드럽고 자연스러웠다.
어떤 환경에서도 잘 어울리고,
힘을 빼는 법을 아는 배우다.
무엇보다 신세경 배우는 스크린에서
정말 포토제닉하다.
〈휴민트〉를 만들며
'오랜만에 극장에서 배우 얼굴을 제대로 보는 맛,
클로즈업의 맛이 살아 있는 영화를 만들고 싶다'는
생각이 있었다.
그 지점을 신세경 배우가 아주 크게 채워줬다.
TV 화면으로는 느낄 수 없는 스크린 특유의 질감,
그걸 그대로 견디고 빛을 내는 배우였다.
촬영감독도 신세경 배우를 정말 잘 찍었다.
다른 작품들보다 훨씬 더 적극적으로
클로즈업을 사용했는데,
그게 부담스럽지 않고 자연스럽게
영화의 무드를 만들어냈다.
조명감독의 세팅도 굉장히 세심해서,
화면 안 신세경 배우의 얼굴이

살아날 수밖에 없었다.
지금 돌아봐도 신세경 배우의 선택은 〈휴민트〉 작업에서 가장 잘한 선택 중 하나라고 생각한다.

이름을 기억하는 방식으로

함께였던 이름 하나를 기억하며,
〈밀수〉의 엔딩 크레딧에 남긴 짧은 한 줄.
"우리의 동료 故 김성진 님을 추모하며."
그 문장은 내 마음 한켠에 남아 있는
상실의 조각이었다.
김성진은 〈아라한 장풍대작전〉 현장에서
처음 인연을 맺은 동료였다.
제대 후 현장으로 돌아와
〈군함도〉, 〈모가디슈〉, 〈밀수〉까지
메이킹 팀으로 함께했다.
조용하고 묵묵하게 현장을 기록하던 친구였다.
팬데믹 초기, 그는 바이러스에 감염되어
세상을 떠났다.
이별은 너무 빨랐다.
더 큰 충격은 장례식장이었다.

방역지침이 가장 엄격하던 때라
감염병 사망에 대한 조치는
말 그대로 역병을 대하듯 했다.
가족과 동료들이 제대로 작별하지도 못했다.
가족 입장이었다면 너무 분했을 것이다.
오랜 시간 함께 고생한 동료를
그렇게 떠나보낼 수밖에 없었다는 사실이
마음에 오래 남았다.
〈밀수〉 마지막에 꼭 그 이름을 새기고 싶었다.
같은 시기에 음악감독 방준석도 떠났다.
연이은 이별이었다.
〈베테랑 2〉의 마지막 자막에 이렇게 썼다.
"우리의 동료 방준석을 기억하며."
방준석 감독이 만든
〈베테랑〉 1편의 메인 테마 음악은
단순한 배경음이 아니었다.
영화의 리듬을 끌고 가고,
캐릭터의 감정을 응축시킨,
〈베테랑〉의 또 다른 얼굴이었다.
2편을 준비하면서도 그 음악이 계속 떠올랐다.
"이건 꼭 다시 써야 한다."

모두가 좋아했고,

나 역시 그 리듬에 다시 기대고 싶었다.

그래서 장기하 음악감독과 함께하면서도,

방준석 감독의 테마를 그대로 다시 넣기로 했다.

그건 한 사람의 흔적을 지우지 않으려는 마음이자,

그가 남긴 리듬 위에서

다시 한 걸음 내딛는 나만의 방식이었다.

마지막으로 그와 연락했던 것도

바로 이 작업 때문이었다.

그렇게 연락을 주고받았고,

그렇게 빨리 떠날 줄은 몰랐다.

그의 부재는 지금도 낯설다.

하지만 그 음악은

여전히 영화 속에서 살아 숨 쉰다.

〈베테랑〉이라는 이름 아래,

그를 기억할 수밖에 없는 이유다.

현장에서 가장 염두에 두는 점

현장은 수많은 관계가 얽히는 곳,

혼란스럽고 예민한 충돌이 늘 잠재해 있는 곳이다.

그 중심에서 내가 가장 중요하게 여긴 건 단순하다.

내 일을 열심히 하는 것이다.

연출자가 준비되어 있지 않으면 문제가 생겼다.

내가 준비되어 있으면 현장의 혼란은 대부분 줄었다.

모르면 모른다고 말하고,

필요하면 도움을 요청했다.

그런 솔직함이 현장을 통제하게 해줬고,

질서를 만드는 기반이 됐다.

감독은 결국

'현장을 질서정연하게 만드는 사람'이었고,

그게 연출의 시작이자 끝이었다.

연기 경력이 화려하고 예민할 수밖에 없는

배우들을 상대할 때도

결국 중요한 건 '방향'이었다.

이경영 형에게서

"디렉터란 방향을 제시하는 사람"이라는 말을 들었다.

김윤석 배우에게선

"연출이란 무질서한 상태에서 질서를 만들어가는

과정"이라는 표현을 들었다.

두 문장이 감독으로서의 내 일을 정리하는 데

큰 영향을 줬다.

그 질서의 핵심에는 늘 '사람'이 있었다.

감독과 배우, 스태프 사이에서

무엇보다 중요한 건 호흡이었다.

호흡이 맞아야 상대의 말을 진심으로 들을 수 있고,

그래야 같은 방향으로 갈 수 있었다.

기본적으로 감독과 배우는 서로 좋아해야 한다.

현장에 있는 사람들이 서로를 좋아하지 않으면

말이 안 들린다.

좋아야 들린다.

나는 목표가 분명하고 자신의 자리를

묵묵히 지키는 사람과 함께하고 싶다.

반대로 방향이 없거나 목적 없이

표류하는 사람에게는 누구에게도

쉽게 손을 내밀지 않았다.

말뿐인 리더가 아니라,

진심으로 준비하고 정직하게 소통하며

끝까지 책임지는 자세로 현장을 지휘하려 했다.

그게 내가 영화 현장에서 일관되게 지켜온 태도였다.

유아인, 전혀 다른 에너지로 완성된 악역

〈베테랑〉의 조태오는 관객에게 오래 남는 악역이었다.
하지만 초반부터 확신했던 건 아니었다.
유아인과 첫 촬영을 했을 때 솔직히 당황했다.
내가 생각했던 것과 달랐다.
'이게 맞나? 내가 잘못 캐스팅한 건가?'
하는 생각이 스쳤다.
내게는 이미 함께해온 배우들과의 결과물,
좋아하는 연기 톤과 리듬이 있었는데,
유아인은 그 모든 틀에서 벗어난 배우였다.
그런데 회차가 거듭될수록
그는 자기만의 방식으로 캐릭터를 설득해갔다.
어느 순간 깨달았다.
"듣도 보도 못한 인물이 하나 나오겠구나."
그의 에너지는 황정민이 연기한 서도철과
완전히 달랐고,

그 극명한 대비가 의외의 균형을 만들었다.

완성된 영화를 보니

서로 다른 성城을 각기 쌓아 올린 듯한

두 인물의 대립이 정말 잘 맞았다.

유아인이 만든 조태오는 단지

비열한 캐릭터가 아니었다.

묘하게 매혹적인, '매력 있는 악역'이었다.

이 작품이 하나의 전환점이 됐고,

이후 내 영화 속 빌런 역할에

배우들이 더 관심을 갖기 시작했다.

〈승부〉에서 그가 보여준 연기를 보며,

한 동료로서 진심으로 빌었다.

로버트 다우니 주니어도 한때

마약 문제로 커리어가 끝날 뻔했지만

〈아이언맨〉으로 돌아오지 않았나.

유아인도 자신의 잘못을

누구보다 깊이 반성하고 있을 것이다.

긴 시간을 잘 견뎌내고,

더 성숙한 모습으로 관객 앞에 다시 서길 바란다.

그의 재능은 아직 끝나지 않았다고 믿는다.

마음 둘 곳이 필요했다

〈밀수〉 촬영 뒤 조인성이 한 인터뷰에서 말했다.

"감독들이 자기 작품을 진하게 한 사람과

다음 작품을 또 하려 하는 건,

현장에서 자기 편이 필요해서라고 생각한다.

마음 둘 곳이 필요해서라고 생각한다.

현장에서 외로울 테고,

더군다나 새로운 배우들이

많은 작품들은 더욱 그러리라 생각한다."

그 말에 깊이 공감했다.

조인성은 배우 이전에 사람으로서

깊이가 있는 친구다.

감독이라는 자리는 늘 모든 책임을 떠안는 자리다.

수십, 수백 명이 움직이는 현장에서

방향을 제시하면서도 때론 누구보다 고립된다.

그 외로움 속에서, 함께 호흡을 맞춘

경험이 있는 배우 한 사람,

믿고 기댈 수 있는 동료의 존재는 큰 위안이다.

그래서 나는 익숙한 것과

새로운 것 사이에서 균형을 고민하게 된다.

신구의 조화, 낯선 사람과의 긴장,

익숙한 사람과의 안정감.

그 사이에서 계속 밸런스를 맞추려 했다.

캐스팅은 얼굴을 고르는 일이 아닌

다음 영화, 다음 싸움을 위한

마음의 지지대를 세우는 과정이기도 했다.

익숙한 얼굴이 주는 안도감과

새로운 얼굴이 주는 자극.

그 사이에서 나는

나를 흔들고 다잡으며 앞으로 나아간다.

새롭게 하기 위한 전략

〈모가디슈〉는 여러 모로 전환점이 된 영화다.
감정의 흐름을 섬세하게 잡아내야 했고,
특별히 튀지 않는 인물들의 평범함 속에서
비범한 감정의 진폭을 길어올려야 했다.
눈에 보이는 액션보다
보이지 않는 감정의 리듬을 다뤄야 했다.
액션은 눈에 보이는 것을 표현하는 일이지만,
감정은 보이지 않는 것들을 설득하는 일이다.
공기의 기운처럼 흐르는 것들을,
말보다 공기가 중요한 순간들을.
그렇기에 〈모가디슈〉는 말보다
표정이 많은 영화였다.
북한 인사와 남한 인사가 같은 식탁에 앉아
조심스레 깻잎 하나를 나누는 그 작은 동작.
대사관 문을 열었을 때,

어떤 얼굴이 나타날까 조마조마한 긴장감.
말보다 공기가 중요한 순간들을 담기 위해
배우들과 스태프들은 오랜 호흡을 맞췄고,
나는 그 질서와 긴장감의 균형을 잡는 데 집중했다.
무엇보다 이 영화는 내게 '리셋'이었다.
〈군함도〉 논란 이후 내 이름보다
'영화 그 자체'로 평가받고 싶었다.
그래서 완전히 새로운 얼굴들로 새 판을 짰다.
〈모가디슈〉는 내 과거와 단절하고 싶었던 작품이었다.
새로워지지 않으면 안 됐다.
그건 생존의 문제였다.
결국 이 영화는
나를 다시 스크린 한가운데로 밀어넣은
감정의 영화이자,
다시 걷기 위한 리셋 버튼이었다.

배우라는 신비한 존재

김혜수와 염정아.

이 두 사람의 이름만으로도 〈밀수〉는 이미 영화였다.

하지만 내가 두 배우를 선택한 이유는

단순한 스타성 때문만이 아니다.

그들은 한국 대중문화 안에서

이미 상징이 된 존재들이다.

이들이 함께 스크린에 등장하면

공기 자체가 달라진다.

김혜수는 〈닥터 K〉 연출부 시절

함께했던 인연이 있었고,

염정아는 오래 전부터 내가 좋아하던

연기의 결을 가진 배우였다.

현장에서 그 선택이 옳았다는 걸 계속 확인했다.

〈밀수〉는 용기와 극복의 영화이기도 했다.

김혜수는 〈도둑들〉 촬영 중

물에 빠지는 사고로 물 공포증이 있었고,

염정아는 수영 경험이 거의 없었다.

그런 두 사람이 스스로를 물속으로 밀어 넣었다.

두 배우가 처음 자료 영상을 보았을 때

감동받은 줄 알았는데

사실은 공황상태였다고 했다.

스쿠버 코치 이종인 대표와 해녀 팀의 도움 덕분에

두 사람은 결국 모든 수중 장면을 완벽히 해냈다.

나는 그런 순간을 믿는다.

카메라가 도는 찰나,

배우는 신비한 집중의 상태로 들어간다.

마치 종교 의식을 치르는 사람처럼.

결국 배우란,

스스로의 몸과 마음을 내어주는 사람이다.

카메라가 도는 순간,

현실과 허구 사이를 잇는 통로가 된다.

그리고 나는 그들의 그 찰나를 믿는다.

그래서 배우는 참 신비한 존재다.

하정우가 고소공포증을 이겨내고

와이어 액션을 완수했을 때,

정재영이 부상당한 손을 감싸 쥔 채

반대손으로 액션을 이어갔을 때,
그건 인간의 의지, 그 이상이었다.
연기는 다른 인물을 받아들이는 일이다.
그래서 배우는 신을 접하는 사람 같다.

류승범, 창작의 동반자

류승범은 내 동생이자,
가장 강력한 창작의 자극이다.
그와 함께 일하면 연출을 한다기보다
함께 창조하고 있다는 감각이 든다.
나는 언젠가 인터뷰에서 류승범을
'누구보다도 자기 세계가 분명한 배우'라고 했다.
〈죽거나 혹은 나쁘거나〉, 〈주먹이 운다〉,
〈부당거래〉, 〈베를린〉….
매번 다르다. 예측 불가능하고, 그래서 좋다.
그의 즉흥성과 예측 불가능성이
내게 늘 새로운 균열을 만들어주고,
항상 큰 자극이 된다.
덕분에 나 역시 틀에 박힌 연출에서
벗어날 수 있었다.
류승범은 결코 감독의 지시를 따르기만 하는

배우가 아니라 자신만의 해석과 감각으로
캐릭터를 만들어내는 창작자다.
〈주먹이 운다〉 때 우리는
서로의 장점과 한계를 끝까지 밀어붙였다.
그때 확신했다.
류승범은 단지 자연스러운 배우가 아니라,
동시대의 공기를 전하는 배우라는 걸.
류승범은 나의 뮤즈이자,
가장 까다로운 협업자다.
언제 다시 함께 작업하게 될지 모르겠지만,
그 시간이 오면
또 새로운 이야기를 만들어낼 수 있을 것이다.

정의의 얼굴은 하나가 아니다

〈베테랑 2〉를 만들며 스스로에게 물었다.
"정의는 정말 하나뿐일까?"
이번엔 단선적인 선악을 버리고,
'두 개의 정의'가 충돌하는 세상을 그렸다.
영화는 전편의 유쾌하고 통쾌한 복수극의 톤을
일부러 비껴가는 방식으로 구현된다.
오프닝의 도박장 추격 신에서
군중은 위기에 빠진 서도철 형사를 응원하다,
그가 살아남자 곧바로 "우리 갈 길 갑시다"라며
자리를 뜬다.
따뜻하고 유머러스한 장면이지만,
이는 곧 영화 전체의 톤과 충돌하는
본 게임의 문을 여는 장치다.
나는 이 장면을 거대한 농담처럼 설정했다.
1편에서의 유쾌한 이미지와

이후 전개될 어두운 서사를 연결하는
'완충 장치'로 기능하도록 설계했다.
본격적인 이야기가 시작되면,
영화는 단선적인 선악 구도를 거부하고,
'두 개의 정의'가 충돌하는 복잡한 세계로 진입한다.
악역 해치는 단순한 미치광이가 아니라,
나름의 신념을 가진 인물이다.
관객은 그를 응원할 수도 없고,
완전히 미워하기도 어렵다.
이 애매함은 '사적 복수'와 '공적 윤리'가 충돌하는
현대 사회를 압축적으로 보여주는 장치다.
서도철은 직업 윤리에 충실한 사람이다.
말로는 "찢어 죽이겠다" 하지만,
실제로는 범죄자도 구조하고, CPR도 실시한다.
그런 인물이야말로
현실에서 보기 드문 존재일 것이다.
나는 이 캐릭터를 통해
'분노가 아닌 책임으로 행동하는 정의'를
보여주고 싶었는지도 모르겠다.
악역 해치는 정해인이 연기했다.
그는 이유 없는 악이다.

이해되지 않아야 한다고 생각했다.
전사前史를 썼다가 결국 지웠다.
설명되는 순간 악의 무게가 사라지니까.
이 인물은 이해되어서는 안 된다고 생각했다.
그래서 서도철이 마지막에 말한다.
"내가 조서로 죽여주겠다."
그건 내 선언이기도 했다.
〈베테랑 2〉의 방식은 대중영화로서는 모험이었다.
그러나 공식대로 두 번 만드는 것은 재미가 없다.
이 시도는 〈베테랑 1〉의 성공이 있었기에
가능한 시도였고,
그만큼 더 많은 호불호도 감수해야 했다.
나는 영화가 단순한 '사이다 복수극'이 아니라
'각자의 정의가 충돌하는 이야기'가 되기를 바랐다.
다 함께 도망가던 군중이
잠시 멈춰 서도철 형사를 응원하고,
살았다는 걸 확인한 뒤 다시 흩어지는 그 장면은
복작복작한 인간 세상이
귀엽고 재밌어서 만든 것이다.
그 안엔 우리가 잊고 지냈던 공동체의 감정,
순간적인 멈칫,

타인의 안위를 바라보는 시선이 담겨 있다.
더 이상 선명한 선과 악만으로는
설명되지 않는 시대,
그 안에서도 여전히
'직업윤리에 충실한 사람',
'끝까지 해내는 사람',
'자신의 자리에서 책임지는 사람'을 그리고 싶었다.
〈베테랑 2〉는 그런 인물들을 위한 헌사이자,
혼란 속에서도 인간에 대한 믿음을
놓지 않는 나의 고백이다.

〈베를린〉 그리고 전지현의 얼굴

〈베를린〉을 촬영하던 시절,
전지현의 얼굴을 보면서
나는 '얼굴이 영화의 문장'이 될 수 있다는 걸
다시 느꼈다.
배우가 가진 얼굴의 힘을 다시금 실감했다고 할까?
영화 속에서 전지현은
단순히 '스타'의 이미지가 아니라,
캐릭터의 모든 서사를 압축해 담아낼 수 있는
얼굴의 소유자였다.
그녀는 표정 하나로 감정의 결을 끝까지 밀어붙인다.
화려한 액션이나 복잡한 대사가 없어도,
마지막 장면에서 보여준 단 한 번의 표정이
캐릭터의 내면을 완벽하게 설명해주었다.
이야기의 마지막을 배우의 얼굴로 끝낼 수 있다면,
그건 내가 전하고 싶은 모든 걸 담았다는 뜻이다.

그때 나는 그녀를 외롭게 보이게 하려
현장에서도 일부러 그렇게 뒀다.
지금 생각하면 미안하다.
다른 방법이 있었을 텐데.
〈베를린〉을 본 박찬욱 감독이 내게 문자를 보냈다.
"전지현, 깜놀."
그 정도로 전지현은 영화에 강한 인장을 남겼다.

라트비아에서 다시 만난 인연

〈휴민트〉의 배경을 찾다 보니 결국

라트비아로 가게 됐다.

러시아·우크라이나 전쟁 때문에

블라디보스토크는 불가능했다.

〈베를린〉 때 너무 고생해서

다시는 라트비아에 갈 일은 없을 줄 알았다.

그런데 다시 그곳이었다.

현지에서 한국어를 유창하게 하는 스태프를 만났다.

어머니가 〈베를린〉 때 스태프로 일했단다.

10년이 지나, 세대를 이어 다시 만난 인연이었다.

이제 그곳의 시스템도 훨씬 좋아졌다.

밥차 업체 '해오름'이

직접 와서 끼니를 챙겨준 것도 큰 힘이 되었다.

스태프들의 단결력도 대단했다.

〈휴민트〉는 〈베를린〉의 속편은 아니지만,

같은 세계관의 연장선에 있다.
라트비아 촬영은 내게 고생스러웠던 기억을
새로운 인연으로 바꿔놓은 여정이었다.

3장

변화

"사람들은 잠시만 다양성과 벽을 쌓고 살아도 순식간에 그 중요성을 잊어버리게 된다."

—존 스튜어트 밀John Stuart Mill

영화 산업은 지금 '급격한 변화'를 넘어 '재편의 시대'에 있다. 플랫폼의 세분화, OTT의 확장, 관객의 시간 사용 방식까지 모든 것이 달라지고 있다. 변화가 너무 빠른 나머지, 무엇이 핵심이고 무엇이 소음인지조차 구분하기 어려운 때다. 이번 인터뷰에서 류승완 감독은 이 변화의 흐름을 피해갈 수 없는 창작자로서 어떤 기준을 가져야 하는지 치열하게 고민하는 모습을 보여주었다.

그는 "영화 관람이라는 경험이 아직도 특별한가?", "사람들이 극장을 찾지 않는 이유는 무엇인가?", "코비드 3년은 관객의 습관을 어떻게 바꾸었는가?" 같은 질문들을 스스로에게 던지며 시대의 변화를 직시한다. 그리고 무엇보다, 자신을 흔들어놓았던 〈군함도〉 시절의 7,000개 악플을 담담히 언급한다. 좋아서 시작한 영화를 그만둘지 고민하게 했던 그 시기는, 그에게 변화란 우연히 지나가는 바람이 아니라 창작자의 생존을 뒤흔드는 거대한 충격이라는 사실을 일깨웠다.

이 장에서 독자들은 변화 앞에서 흔들리지 않기 위해 그가 어떤 지점에 발을 디디고 있는지, 그리고 무엇을 포기하고 무엇을 붙들고 왔는지를 만나게 될 것이다. 류승완 감독의 변화론은 미래를 예언하려는 태도가 아니라, 변화 속에서도 방향을 잃지 않기 위해 세워야 하는 '창작자의 기준'에 가깝다. 결국 그는 변화의 거센 흐름 속에서도 자신만의 리듬을 찾기 위해 오늘도 묵묵히 질문을 던지고 있었다.

AI 시대의 영화

컴퓨터가 등장한 뒤로
인류의 시간표가 바뀌었다.
'불'이나 '전기'만큼이나 거대한 전환이
사람들의 일과 머릿속 구조를 통째로 흔들었다.
인터넷이 지식을 대중화했다면
지금의 AI는 다시 묻는다.
"나는 무엇을 할 수 있지? 인간은 무엇이지?"
코로나 팬데믹은 질병의 문제가 아니라
질서와 습관, 가치관을 통째로 흔든 사건이었다.
대면은 줄고, 고립과 외로움이 일상이 됐다.
반면 넷플릭스, 유튜브, 게임 같은
비대면 콘텐츠 소비는 폭증했다.
공연장, 영화관, 미술관, 축제가 멈췄고,
많은 창작자들이 생계의 절벽 끝에 섰다.
그런데 그 공백이 역설적으로

새로운 실험의 장을 열었다.
영화제 · 전시 · 콘서트가 온라인으로 이어지고,
온라인 공연 한 번에 백만 명이 모이는 광경을 보며
"관계의 온도와 방식 자체가 바뀌고 있구나"를
체감했다.
영화 생태계도 예외가 아니다.
관객 감소는 OTT 이용 증가로 이어졌고,
제작 편수 감소 → 완성도 하락 → 관객 이탈 → 투자
축소라는 고리가 생겼다.
많은 동료가 OTT로 이동했지만,
나는 여전히 극장을 붙든다.
휴대폰으로 1.5배속 시청을 하고,
요약본으로 서사를 소비하는 시대에
'극장에서 한 편을 온전히 본다'는 행위 자체가
이미 낯선 경험이 되었다.
기술은 너무 빠르게 바뀐다.
솔직히 따라잡는 것만으로도 벅찰 때가 있다.
그래도 나는 사람을 놓지 않는다.
디지털이 삶의 뿌리가 되었지만,
결국 영화는 사람과 장비와 자본이
어우러지는 공동의 예술이고,

그 중심엔 언제나 '인물과 선택'이 있다.
감정을 공유하는 방식이 바뀌어도,
인간이 겪는 갈등의 구조는 크게 변하지 않는다.
그래서 나는 기계의 시대에도
사람이 남는 영화를 만든다.
이동진 평론가가 나를
"A 무비와 B 무비를 넘나드는 감독"이라고 불렀다.
맞다.
나는 한 편이 무거우면 다음 편은 가볍게 간다.
장르적으로 가면 그다음엔
리얼 베이스로 궤도를 틀어본다.
쉽게 싫증을 내는 건지 나도 가끔 웃는다.
어떤 때는 모두가 좋아할 수 있는 A의 길을 걷고,
어떤 때는 호불호가 확 갈리는 B의 결을 고른다.
의도적으로 라벨을 붙이진 않는다.
결국 내가 붙드는 건 인간을 관찰하고
고민하는 태도다.
모든 게 빨라질수록
변하지 말아야 할 것에 집중한다.
기계의 시대에도, 나는 사람을 찍는다.
사람이 남는 영화를.

도전과 실험의 기억

〈밀수〉는 내 오래된 욕망을
한 번에 터뜨린 프로젝트다.
먼저 음악.
어린 시절부터 사랑하던 70년대 대중가요를
극장 사운드로 울려 퍼지게 하고 싶었다.
'내 마음의 주단을 깔고' 시퀀스에서
음악과 폭력의 리듬이 맞물릴 때,
"그래, 이 맛이야" 하는 전율이 왔다.
그리고 수중 액션.
할리우드에서도 쉽지 않은 걸
아무 장비 없이 끝까지 밀어붙였다.
오기이자 실험정신이었다.
또 하나는 '50대 여성 투톱' 캐스팅.
위험하다는 말이 많았지만 내가 보고 싶은 세계였고,
끝내 관객과 만났다.

솔직히 아쉬움도 남는다.

해녀라는 공동체, 바다라는 공간,

범죄와 권력의 중첩…

담아야 할 결이 많았는데

극장 러닝타임 안에서 모두를

촘촘히 살리기엔 숨이 찼다.

전개가 조금 빠르게 느껴졌을 수도 있다.

그래서 다음엔 더 정확하게,

더 깊이 들어가려 한다.

"시도했고, 살아남았고, 배웠다."

이게 〈밀수〉가 내게 남긴 문장이다.

'외유내강'이라는 소박한 시작

나는 '영화 만드는 시스템'이라는 말을 조심한다.
현장에서 느끼는 건,
그게 자동으로 작동하는 기계가 아니라
사람이 움직이는 유기체라는 사실이다.
내가 영화를 시작하던 90년대 중반까지
한국 영화계는 산업이라기보다
불안정한 생계 현장에 가까웠다.
2000년대 들어 자본과 멀티플렉스가 들어오면서
구조가 갖춰졌지만,
할리우드식 스튜디오와는 달랐다.
한국의 스튜디오는 대개 외부 투자로 굴러간다.
크레딧에 투자사 로고가 줄줄이 붙는 이유다.
실상은 독립 시스템을 조합해 겨우 움직인다.
그래서 우리는 외유내강을 택했다.
거창한 이념이 아니라 생활의 필요에 의해서였다.

아이 셋을 키우며 유연한 출퇴근이 가능한
구조가 필요했고,
“그럼 회사를 만들자”로 결론을 냈다.
그렇게 시작한 작은 실험이,
젊은 영화인들과 기회를 나누는 장으로
자연스레 커졌다.
시스템은 하늘에서 떨어지는 게 아니라
현장의 필요에서 시작한다.
삶과 일이 공존하기 위해 만든 선택,
그게 우리 방식이다.

작은 실험, 큰 변화

나는 현장에서 작게라도 방향을 바꾸는
실험을 좋아한다.
〈아라한 장풍대작전〉의 "그리고 정두홍",
〈짝패〉의 "그리고 이범수"
같은 크레딧 실험도 그중 하나다.
'특별출연' 대신 '그리고'를 붙이면,
그 배우가 영화 안쪽에 깊이 들어와 있다는
느낌이 생긴다.
〈짝패〉에서 이범수 배우가 보여준 활약은
이 새로운 자막 표현에 더 큰 설득력을 부여했다.
그는 단지 특별히 출연한 것이 아니라,
영화의 맥을 함께 짚어주는 핵심 인물이었던 것이다.
미국 영화에서 사용하던 "and", "with", "featuring"
같은 표현들에서 영감을 받았다.
그 전까지만 해도 한국 영화계에서는

"우정 출연", "특별 출연"이라는
형식적이고 거리감 있는 표현이 일반적이었다.
시스템도 바꿔봤다.
〈피도 눈물도 없이〉 때부터
액션 시퀀스를 디지털 콘티로 먼저 설계하고,
스턴트 동선을 찍어 편집해본 뒤 촬영에 들어갔다.
지금은 당연한 절차지만 당시엔 생소했다.
〈아라한 장풍대작전〉에선 액션스쿨에
미술 세팅을 복제해
사전 리허설을 충분히 돌렸다.
현장 시간은 줄고 안전은 올라갔다.
〈군함도〉 이후로는 피지컬 팀을 도입했다.
배우·스턴트뿐 아니라 스태프의 근육 피로와 부상을
현장에서 즉시 케어하는 인력.
복지가 아니라 퀄리티와 지속 가능성에 대한 투자다.
이름을 드러내지 않고 현장을 바꾸는 일,
나는 그런 방식을 믿는다.
선언 대신, 체계적으로
영화가 더 나아질 수 있는 방향으로
질문을 던지는 것이다.

INTERNATIONAL
AIRPORT
24CD01

보다 안전한 액션을 위한 방법

사람들이 내 이름과 함께 가장 먼저 떠올리는 건
액션이었다.
새로운 액션을 보여주려는 욕심만큼,
안전하게 찍는 법이 중요했다.
나는 예전부터 현장에서 부상을 입는 경우를
많이 봤고,
나 역시 〈짝패〉 때 십자인대를 다친 후유증을
지금도 안고 살고 있다.
그래서 한국 영화계에서 처음으로 스포츠 의학 기반의
피지컬 팀을 꾸려 운영하기 시작했다.
〈군함도〉 때는 팀 닥터들처럼
스포츠 의학 전문가들로
구성된 피지컬 팀을 도입해
촬영 전에 스트레칭 시키고,
다치면 즉시 처치해주고,

의사 선생님들이 와서 스태프와 보조 출연자들까지

영양제 주사를 놔주기도 했다.

정두홍 감독이 오래전부터 주장해오신 바였고,

실제로 시행하니 다른 현장들도 따라 하기 시작했다.

〈베테랑 2〉의 남산 계단 씬이나

마약굴 같은 위험한 액션 시퀀스도

치밀한 준비와 통제가 있었기에 가능했다.

나는 배우가 모든 액션을 직접 하길

고집하지 않는다.

무모함은 전체 스케줄을 무너뜨린다.

필요한 지점에서만 배우가 나서고,

나머지는 스턴트 설계로 해법을 찾았다.

세계 최고의 액션 배우 재키 찬도 스턴트를 쓴다.

이유는 단순하다.

다치면 모든 게 끝나니까.

효율은 곧 윤리였다.

최대의 쾌감을 주되 불필요한 위험은

만들지 않는 것.

그게 내가 액션을 디렉팅하는 방식이었다.

남산 계단 아이디어도 가족과 남산에 갔다가

우연히 계단을 보며 떠올렸고,

옥상 빗물 시퀀스도 좁은 공간을 개조하고,
옥상에는 물을 찰랑이게 만들어 '수중 액션처럼'
보이게 연출했다.
경험이 쌓일수록 시선의 중심이 어디로 가야 되는지,
어떤 타이밍에 착시가 생기는지를
감각적으로 알게 되었다.
정해인은 추격전 중 손가락 부상을 당했고,
황정민은 매 작품마다 여기저기 까진다.
하지만 배우들은 그것을 '좋은 기억'으로 받아들이고,
무엇보다 효율적이었다고 말한다.
정해인 배우는 어느 인터뷰에서 이렇게 말했다.
"감독님은 명확한 콘티하에
배우가 잘 할 수 있는 것, 스턴트가 잘 할 수 있는 것을
구분해서 체계적으로 찍는다.
배우의 피지컬을 정확히 파악하고,
무엇을 어디까지 할 수 있는지를 알고 계신다."
내 고민을 알아주고,
그것이 현장에서 좋은 결과를 낸 것 같아
감사한 마음이었다.
액션 디렉팅은 결국 협업이다.
배우가 자신의 한계를 넘지 않도록 하면서도,

관객에게는 최대의 쾌감을 줄 수 있는

액션을 만드는 것.

그게 내 목표다.

위기인가, 전환인가

요즘 "한국 영화의 위기"라는 말을 자주 듣는다.

먼저 질문을 쪼갠다.

"박스오피스의 위기인가?"

"산업 구조의 위기인가?"

"예술의 위기인가?"

팬데믹은 관객 수의 급감을 넘어

기억의 공백을 만들었다.

초등학생이 중학생이 되고,

고등학생이 대학생이 되는 3년 동안

극장 경험이 사라졌다.

극장에 대한 정서적 연결이 끊긴 세대가

생긴 것이다.

이 공백을 메우는 장기 전략이 필요하다.

극장 요금은 올랐지만,

제작자가 가져가는 몫은 거의 오르지 않았다.

서비스는 나빠졌고, 관람 환경의 기본도 흔들린다.
이걸 "영화의 위기"라고만 부르면, 구조를 놓친다.
위기냐 전환이냐는 결국
우리가 어떻게 응답하느냐의 문제다.
빠르게 진단, 빠르게 소비하는 언론의 속보 경쟁 속에서
정작 영화라는 예술, 산업, 시스템이
겪고 있는 구조적인 변화들은
깊이 있게 논의되지 못하고 있다.
나는 〈기생충〉의 아카데미상 수상이나
〈오징어 게임〉의 세계적 히트가
한국 콘텐츠 전체의 수준을
보여준다는 식의 낙관에 조심스럽다.
우리가 김연아 보유국이지, 빙상 강국은 아닌 것과 같다.
〈기생충〉은 봉준호 감독의 승리지만,
그가 존재할 수 있었던 것은
한국 영화라는 생태계 덕분이기도 하다.
한국은 이미 1960년대 김기영의 〈하녀〉 같은
작품에서 빈부격차와 계급에 대한
통렬한 성찰을 선보인 바 있다.
그런 토양 위에 봉준호와 박찬욱이
존재할 수 있었던 것이다.

하지만 개인의 성취를 무조건 '우리의 승리'로
치환하는 착시와 오만은 경계해야 한다.
그러면 시스템의 진화는 멈춘 걸까?
1997년 이후 한국 영화계는
눈부신 진화를 거듭해왔다.
하지만 그 주역들이 20년 넘게 '주류'를 형성하며
지속된 것에는 장점과 단점이 공존한다.
이후 세대가 그들을 뛰어넘기 어려운
높은 진입 장벽이 된 측면도 있다.
이른바 '혁명 세대'가 10년도 유지되기 힘든
세계 영화사에서,
한국은 예외적으로 20년 가까이
그 동력을 이어왔다.
그러나 이제는 새로운 세대의 등장과 교체,
그에 필요한 제도적·산업적 준비가
필요하다는 뜻이기도 하다.
팬데믹 기간 동안의 극장 관객 감소를
단순한 산업 침체로 보지 않는다.
나는 이를 문화적 기억의 공백으로 이해한다.
이 '비체험 세대'는 극장이라는 공간에 대한
정서적 연결이 없다.

이 공백을 메우기 위한 장기적 전략과 고민이
부재하다는 점에서
오히려 팬데믹 이후의 지금이 진짜 위기일 수 있다.
이것이 과연 영화의 위기인가,
아니면 변화의 신호인가?
우리가 너무 빨리 판단하고,
너무 쉽게 결론 내리려는 것은 아닌가.
이제 한국 영화는 20년 전,
우리가 뒤집었던 그 에너지와 질문들을
다시 꺼내야 할 시점에 와 있다.

한국 영화라는 텍스트

이제 '할리우드로 가야 세계다'라는 공식은 깨졌다.
오히려 미국 배우들이 한국 프로젝트를 원한다.
나는 여러 나라에서 제안을 받지만,
내 방식을 지키기 위해 대부분 거절했다.
각본의 결이 맞지 않거나,
현장 시스템이 내 리듬과 어긋나면
좋은 결과가 나오지 않는다.
현장은 내 컨디션과 리듬을 유지할 수 있어야 한다.
대신 리메이크나 제작 참여로 접점을 넓힌다.
〈베테랑〉 미국 리메이크는 마이클 만이 연출한다.
그가 자기 방식으로 재해석하면 된다.
나는 리메이크에 반대하지 않는다.
단, 복제는 아니다.
장르 '밖'의 매력을 장르 '안'으로만 끌고 들어와
오독誤讀하면 실패한다.

〈올드보이〉의 리메이크가 그런 경우다.
〈올드보이〉가 가지고 있는 매력은
장르 '밖'에 있는데,
리메이크는 그걸 장르 '안'에서 찾으려 해서
실패한 경우라고 생각한다.
반대로 콘셉트와 감정선이 명확한 작품은
각 문화권에서 다시 피어난다.
지금 한국 영화는 세계가 참조하는 텍스트다.
우리가 미국·홍콩·일본을 흡수해 재조합했듯,
이제 그 반대도 일어난다.
"외국인이 우리 정서를 이해할까?"라는 질문엔
이렇게 답한다.
"만드는 사람이 결정한다.
그리고 좋은 재해석은 언제나 환영한다."

오래 버티는 사람, 깊게 파는 사람,
끝까지 사랑하는 사람

나는 요즘 들어 확신한다.
'오타쿠'가 승리하는 시대가 온다.
예전엔 이 말에 약간 비하하는 느낌이 있었지만
지금은 완전히 달라졌다.
누구보다 깊게 파고들고, 오래 사랑하고,
작품의 디테일을 자기 언어로 흡수하는 사람들이
결국 문화를 움직인다.
이제는 대중보다 취향 공동체가
더 강력한 세력이 된 거다.
영화도 마찬가지다.
예전처럼 '모든 관객을 만족시키는 영화'는
이제 거의 불가능해졌다.
대신 명확한 취향, 명확한 세계관,
명확한 미학을 가진 영화가

그걸 좋아하는 사람들한테
압도적인 지지를 받는다.
미국의 영화사 A24가 대표적인 사례다.
팬덤이 스스로 확장하는 구조가 생기면
작은 영화도 세계를 뒤집는다.
오타쿠는 단순히 많이 아는 사람들이 아니다.
자기만의 열망과 판단을 가진 사람들이다.
그들이 좋아하는 걸 끝까지 밀어붙이고,
그 취향이 확산되면서 새로운 문화가 만들어진다.
영화 산업도 결국 그 흐름으로 갈 수밖에 없다.
대규모 자본이 만든 대작보다
작지만 강한 세계관을 가진 작품이
더 오래 살아남는다.
그 세계관을 발견하는 순간
관객은 '내 영화다'라고 느끼고
그다음부터는 스스로 전도사가 된다.
그래서 나는 요즘 영화계를 보면서
오히려 기대가 생긴다.
취향의 시대, 깊이의 시대, 오타쿠의 시대.
그 세계에서는 창작자가 더 자유로워질 수 있다.
대중 전체를 설득하려고 애쓰지 않아도 되고,

내가 믿는 세계를 더 강하게 밀어붙일 수 있다.

결국 문화는 오래 버티는 사람,

깊게 파는 사람,

끝까지 사랑하는 사람이 이긴다.

그게 오타쿠다.

그리고 그들의 시대가 이미 시작됐다.

러닝타임, 시간의 미학

나는 돈 계산엔 어둡다.
대신 페이지 수, 솟 수, 러닝타임엔 유난히 민감하다.
영화는 몸으로 소비하는 예술이라,
적정 시간은 관객과의 약속이라고 느낀다.
인류의 문화 속 집중의 길이는 대략 90~120분.
가능하면 두 시간을 넘기지 않으려 하지만,
이야기가 요구하면 10~15분 정도는 넘기기도 한다.
세 시간 넘는 영화 상영관에서
들락거리는 관객을 보며
'이건 세계관의 차이'라고 생각한다.
지루함은 종종 영화의 문제가 아니라
삶의 리듬이 맞지 않는 문제다.
그래서 나는 반응을 현상으로 받아들이고,
논박하고 싸우지 않는다.
다음 영화로 증명할 뿐이다.

러닝타임은 단순한 분량이 아니라 감각과 리듬,
집중과 흐름을 설계하는 창작의 본질이다.
세대와 문화, 관객의 세계관에 따라
그 길이는 늘 달라질 수 밖에 없다.
그렇기에 나는 길이에 집착하기보다,
내가 만든 이야기가 그 시간을 설득할 수 있느냐를
더 중요하게 여긴다.
러닝타임이 길든 짧든,
관객에게 그 시간을 설득해 데려가면,
그게 곧 좋은 영화라고 믿는다.

변화하는 관객, 변화하는 영화

2020년대를 기점으로 세상이 달라졌다고 느낀다.
한가운데 팬데믹이 있었고,
그 이후의 시간은 전례 없는 재편의 시간이었다.
"19세기에서 20세기로 넘어가던 순간과
비슷하다"는 생각을 자주 한다.
두 번의 세계대전이 인류의 문명을 갈아엎었듯,
우리는 바이러스와의 전쟁 이후
또 다른 세기를 맞이한다.
그 변화는 단지 기술 발전이 아니라
감각의 구조 자체를 바꾸는 사건이다.
관람 행위에서 결정적인 변화는,
'가만히 있는 것'이 고통이 된 시대가 왔다는 것.
최근 설문을 보니 관객이 극장을 찾지 않는 이유
1위가 "두 시간 동안 가만히 있는 게 힘들어서",
2위가 "빨리 감기가 안 돼서",

3위가 "관람료 인상"이다.

충격이었다.

우리가 공들여 설계한 말의 속도와 쉼의 호흡이

한 번의 빨리 감기로 무너질 수 있다는 뜻이니까.

이건 영화계만의 문제가 아니다.

삶의 패턴 자체가 달라진 것이다.

선택의 권한은 방송국에서 관객 개인으로 넘어왔고,

가장 큰 플랫폼의 변화는 TV가 아니라 스마트폰이다.

영화는 본질적으로 복제 가능한 매체다.

필름 시대엔 그래도 '네거티브'라는

물리적 원본이 있었다.

이제는 그것마저 없다.

영화가 데이터로 풀리고, 유통되고,

심지어 상영 중에도 복제된다.

그렇다면 영화는 여전히 예술인가?

'진품' 개념이 모호해진 시대에

영화는 복제품 이상의 경험인가?

나는 가끔 〈시네마 천국〉의 영사 사고를 떠올린다.

불타던 필름이 가져다준 물리적 경험,

이제는 더 이상 겪을 수 없는 낭만,

영화가 가진 감각의 서사가

하나씩 그렇게 사라지고 있다.
그래서 스스로에게 묻게 된다.
“연출이란 무엇인가?”
관객이 정보만 원한다면 영화는
‘이야기’가 아니라 ‘소스’로 축소된다.
영화를 ‘봤어’가 ‘알아’로 바뀐 시대.
영화가 ‘경험’이 아니라 ‘대화 거리’가 되는 시대다.
그래도 나는 믿는다.
영화는 예술이어야 한다.
다르기 때문에 예술이고,
누군가에게 지루한 것이
다른 누군가에겐 잊지 못할 감동이 되니까.
그래서 요즘은 마치 마술의 노하우가
다 공개된 상태에서 마술쇼를 하는 기분이다.
비하인드 스토리, 스토리보드, NG, 제작 시스템…
과거에는 알려지지 않았던 모든 것들을
투명하게 밝히는 마케팅이 되었다.
그런데 그 투명함이 영화의 신비를
갉아먹고 있지는 않은가.
어떤 때는 내가 모르는 소스가
커뮤니티에 떠돌기도 한다.

결국 내가 붙드는 질문은 하나다.

"지금의 관객에게 정말 매력적인 영화는 무엇인가?"

정답은 없다.

예전 방식의 관람을 강요할 수도 없다.

극장의 공간, 러닝타임, 연출의 속도까지

새로운 세계의 리듬 안에서 다시 설계해야 한다.

TV의 등장이 영화의 첫 번째 위기였다면,

지금은 그와 비교할 수 없는

진짜 위기가 시작된 듯하다.

나는 "영화가 사양 산업"이라고 단정하지 않는다.

오히려 이제야 제대로 고민할 시간이 왔다고 믿는다.

그 고민의 끝에서 영화는

새로운 존재 방식으로 다시 살아날 수도 있다.

방송국의 몰락, 편성권의 해체

TV는 한때 제국이었다.

공중파 3사가 문화의 흐름을 정하고,

누가 뜨고 지는지 결정했다.

지금 그 권력은 빠르게 사라지고 있다.

영화보다 더 큰 위기를 맞은 건 방송이라고 본다.

본질은 편성권의 해체다.

예전엔 방송국이 시간표를 짜면

우리가 그 시간에 맞춰 앉았다.

지금은 각자가 각자의 편성표를 짠다.

유튜브, 넷플릭스, 웨이브, 틱톡…

어떤 플랫폼도 기다리게 하지 않는다.

디지털 시대의 편성권은 개인에게 돌아갔다.

이것은 기술 문제가 아니라

문화 구조의 붕괴라는 신호다.

디지털 세대는 태어날 때부터

작은 화면으로 영상을 소비했다.

그들에게 거대한 스크린, 정해진 시간,

고정된 시선은 더 이상 익숙한 감각이 아니다.

"그 세대에게 극장 경험이

우리 세대만큼 특별한가?"

솔직히, 잘 모르겠다.

체념이 아니라 출발점이 되는 의문이다.

방송의 몰락은 창작자에게 새 질문을 던진다.

영화가 위기라면, 방송은 몰락 직전이다.

그래서 나는 다시 묻는다.

무엇을 만들고, 어떻게 보여줄 것인가.

아직도 극장은 특별한가

극장은 더 이상 당연한 선택지가 아니다.
누군가에겐 번거로운 장소,
누군가에겐 지루함을 견뎌야 하는 공간이 됐다.
그래도 나는 극장의 물리적 경험을 안다.
거대한 스크린, 서라운드 사운드, 팝콘 냄새,
옆자리의 숨결과 웃음,
모두가 동시에 같은 순간을 공유하는 동시성.
그 감각은 내게 특별하다.
하지만 지금 세대에게도 그럴까?
확신할 수 없다.
디지털 시대의 영화는
벤야민이 말한 대로 원본이 없는 예술에 가깝다.
그래서 극장에서 '함께' 보는 행위는
절대치가 아니라 선택적 경험으로 바뀌었다.
그럼에도 나는 다시 묻는다.

연출은 무엇인가.
숏의 길이, 말의 속도, 리듬과 호흡이
빨리 감기 앞에서 무력해지는 시대에,
나는 여전히 영화의 시간을 믿고,
'보는 법'의 설득을 포기하지 않는다.
도록이 아닌 진짜 그림을 보러 미술관에 가듯,
영화에도 그런 시간이 남아 있다고 믿고 싶다.
정답은 없다.
이 질문은 창작자와 관객이 각자의 자리에서
다시 발견하고 다시 정의해야 한다.
그래서 나는 또 한 편의 영화를 준비한다.
더 빠르고 더 짧고 더 명료한 구조 속에서도
영화다움을 지키기 위한 사투.
그게 지금 우리가 서 있는 싸움터다.

영화의 위기와 그 적들

영화는 늘 위기의 예술이었다.

맨 처음 TV가 등장했을 때 그랬다.

실제로 수많은 극장이 문을 닫았고,

방송국이 문화의 중심이 됐다.

두 번째 파도는 컴퓨터와 휴대폰이었다.

스크린은 작아지고, 영상은 짧아지고,

관객은 산만해졌다.

지금 맞이하는 파도는 그 둘을 합친 것보다 크다.

팬데믹을 거치며 인류는 '영화관 없는 삶'을

직접 경험했다.

그 사이 OTT가 급성장했고,

소비는 개인화됐으며, 속도는 가속화됐다.

스크린의 약화는 곧 관람 경험의 해체로 이어졌다.

영화는 '극장에서 보는 예술'이 아니게 됐고,

관객은 정보를 빠르게 처리하는 존재가 됐다.

그래도 나는 몰락으로만 보지 않는다.

오히려 근원으로 돌아가 묻는다.

지금이야말로 '영화란 무엇인가'를

진짜로 다시 묻고,

새롭게 만들어야 할 시기다.

경험의 농도

이제는 누구나 영화를 만들고,
누구나 분석하고, 누구나 설명한다.
관객은 더 이상 수동적이지 않고,
오히려 창작자처럼 반응한다.
개봉과 동시에 내용을 요약하고,
숨겨진 상징을 해석하며,
촬영지와 연출 의도를 말하고,
심지어 손익분기점까지 올라온다.
정보의 과잉과 투명함은 영화의 신비를 갉아먹는다.
우리는 마술의 비법이 공개된 상태에서 마술을 한다.
관객의 질문도 바뀐다.
"봤다"가 아니라 "안다."
그 순간 영화는 체험이 아니라
정리·공유될 패킷이 된다.
그럼에도 나는 묻는다.

그 정보의 홍수 속에서 어떻게 마음을 훔칠 것인가.

텍스트의 시대, 정보는 넘쳐나지만

그로 인해 진짜 경험의 농도는 희석된다.

마치 마술쇼를 보기 전에 트릭을 검색해버리는 시대.

그곳에서 영화는 어떻게

관객의 마음을 훔칠 수 있을까?

답은 여전히 경험의 농도에 있다.

스크린 스타의 종말

영화사에는 늘 시대를 대표하는 얼굴이 있었다.
10대와 20대 관객을 설레게 하며 극장으로
이끌던 얼굴들.
하지만 지금은 그 젊은 얼굴이 보이지 않는다.
지금 한국 영화계에는 20대 무비 스타가 없다.
2000년대 초반만 해도
조승우, 박해일, 조인성, 양동근, 류승범 같은
배우들이 스크린을 장악했다.
이름 하나가 곧 영화 한 편을 의미하던 시절이었다.
하지만 이제 "스타가 누구냐"고 물으면
대부분 30대를 넘어선 이름들이 떠오른다.
할리우드도 마찬가지다.
톰 홀랜드, 티모시 샬라메 정도를 제외하면
스크린을 지배하는 20대 배우가 거의 사라졌다.
나는 이 현상을 단순한 캐스팅의 문제가 아니라

영화 생태계의 이상 신호로 보았다.
젊은 스타가 보이지 않는다는 것은
그들에게 열광하던 관객층이 사라졌다는 뜻이다.
극장이라는 공간의 매력이 줄고,
스크린 스타에게 감정을 투자하던 구조가
무너지고 있다.
이건 마치 생태계에서 벌이 사라지는 현상과 비슷하다.
반면 음악, 스포츠, SNS, 유튜브에는
여전히 10대와 20대 스타들이 넘쳐난다.
심지어 애니메이션이 극장을 점령했다.
〈스즈메의 문단속〉, 〈엘리멘탈〉,
〈더 퍼스트 슬램덩크〉,
그리고 〈귀멸의 칼날: 무한성편〉까지.
2023년부터 현재까지 실사 배우가 없어도
관객은 열광했다.
나는 그때 생각했다.
이제는 더 이상 살아 있는 스크린 스타에게
열광하지 않는 시대가 온 것 아닐까.
팬덤의 구조도 바뀌었다.
예전에는 스타가 하늘의 별처럼 멀리 있었지만,
지금은 팬이 스타를 직접 관리하고

통제한다고 믿는 시대가 되었다.
SNS를 통해 소통하고, 직접적인 반응을 기대하며,
원하는 방향으로 '성장시키는' 존재가 된 것이다.
이제 스타는 더 이상 '신비한 존재'가 아니다.
보이지 않던 뒷모습까지 카메라에 잡히고,
실시간으로 여론의 평가를 받는다.
그 속에서 관객은 더 이상
'스크린 스타'에게 감정을 투자하지 않는다.
애니메이션 캐릭터는 나이 들지 않고,
범죄를 저지르지도 않으며, 팬을 실망시키지 않는다.
어릴 적 사랑하던 그 모습 그대로 남아 있다.
나에게는 지금의 영화 생태계가
절멸 위기의 생태계처럼 보인다.
스타가 사라진 극장은 관객의 열광도,
자본의 투자 심리도 함께 잃었다.
스타는 흥행의 방아쇠였고,
이제 그 방아쇠가 빠져버린 셈이다.
일본은 조금 달랐다.
시장 붕괴 이후 젊은 감독과 배우들이
자유롭게 시도할 수 있는 구조가 생겼고,
작은 자본 안에서 유니크한 작품들이 태어났다.

지금 일본 영화 현장은

1990년대 한국 영화 현장처럼 부글부글 끓고 있다.

그에 반해 한국은 여전히 '1,000만 영화'의 유령 속에

머물러 있다.

나는 자주 말했다.

"1,000만이라는 숫자, 그건 이스라엘 전체 인구보다

많다."

그 숫자는 이제 전설이 되었다.

이제 영화계에서는 성수기라는 말조차 사라졌다.

극장의 생존

이제 극장은 체험의 공간이 아니다.
영화는 수많은 정보 중 하나가 되었고,
짧은 영상 콘텐츠와 다르지 않은
자극의 조각으로 소비되었다.
요즘 젊은 세대들은
휴대폰으로 보나, TV로 보나, 극장에서 보나
별 차이를 못 느낀다고 한다.
그건 자연스러운 흐름이다.
원고지에서 자판으로 옮겨간 것처럼,
글쓰기와 관람의 방식이 모두 변했고,
인식도 변했다.
극장은 원래 예술의 원본을 감상하는
화랑이어야 했다.
하지만 이제는 도록으로 보는 그림이
진짜보다 더 선명하고 편하다고 느끼는 것이다.

심지어 루브르 박물관에서 본 모나리자조차
"머리들 사이에 가려서 안 보인다"고
웃으며 말하는 지금,
예술의 감상 방식은 전혀 다른 차원으로 옮겨갔다.
그래서 나는 스스로에게 물었다.
"감독인 나는 무엇을 기준으로
영화를 만들어야 하는가."
나의 기준은 여전히 극장이었다.
하지만 어떤 극장은 블루레이 홈시어터보다 못하다.
사운드, 조명, 상영 환경은 관객의 감상을 왜곡하고,
극장의 질은 감상의 수준을 결정짓는다.
이제는 차라리 좋은 극장만 남고,
후진 극장들은 사라지는 것이
맞는 시대일지도 모른다.
그만큼 영화의 생존은, 극장의 생존과도
맞물려 있다.
하지만 위기는 곧 정화의 기회다.
시네마테크, 영상자료원, 독립영화전용관,
씨네큐브를 비롯한 많은 아트하우스 극장들,
OTT의 단편 상영 채널, 수많은 국내외 영화제들…
지금 한국은 접근성과 다양성 면에서

오히려 영화 천국에 가까워졌다.
보고 싶으면 못 보는 영화가 없는 시대다.
하지만 그 모든 걸 가능하게 하는 것은
여전히 창작자들의 개성과 에너지이며,
생존하고, 견디고, 새롭게 수혈되는
젊은 피의 순환이다.
이제 영화는, 더 이상 상영시간이나
극장의 어둠만으로 감정의 깊이를 전달할 수 없는
시대에 들어섰다.
극장은 없어지지 않겠지만,
그 의미는 점점 '도록 속의 그림'처럼
변해갈 수도 있다.
그래서 더욱, 그곳에서만 가능한 무언가를
보여줘야 한다.
그래서 나는 지금도 극장에서만 가능한
무언가를 보여주려 애쓰고 있다.

자연스러운 자신의 변화를 받아들이는 것

나는 오랫동안 젊음과 원숙함 사이에서 고민했다.
나는 캐릭터를 만들 때,
단지 영화 속 인물을 설정하는 것이 아니라
'관객이 한 사람을 알아간다'는 감각을
심어주고 싶다.
그 인물은 영화 속 주인공이 아니라,
'내가 어딘가에서 본 적 있는 사람',
혹은 '살아 숨 쉬는 실재'가 되어야 한다.
말과 행동이 가공되는 순간보다,
진짜의 순간들이 많았으면 좋겠다.
배우가 캐스팅되면, 그 배우의 내면이 아니라 외면,
즉 표현되는 것을 중심에 둔다.
내면 연기를 무시하는 것이 아니라,
실제로 사람은 자신의 감정을
타인에게 보여지는 방식으로

표현한다는 현실을 반영한 태도다.

나는 배우들에게 이렇게 말한다.

“나는 내면 연기는 필요로 하지 않는다.

관객도 당신의 내면을 모르니까.”

예술가로서 나는 오랜 시간 청년성을 고민했다.

예전에는 젊음이 사라지는 순간

예술도 끝난다고 생각했다.

하지만 지금은 그렇게 믿지 않는다.

마틴 스코세이지의 〈킬러스 오브 더 플라워 문〉,

스티븐 스필버그의 〈파벨만스〉,

조지 밀러의 〈매드 맥스〉를 보며

나는 원숙함의 아름다움을 새롭게 느꼈다.

목련이 질 때 남는 핏빛 같은 감정,

노년의 단단하고 깊은 시선을 통해

또 다른 방식으로 예술이 진화할 수 있다고 믿는다.

그건 젊을 때는 표현할 수 없는 정서였다.

자연스러운 변화가 주는 아름다움도

있다고 생각한다.

그렇다고 안주하지는 않았다.

공공기관 자리 제안이나 자본의 유혹을

거절해온 이유는 단 하나,

자유를 잃지 않기 위해서였다.
나는 예술은 무책임한 사람들이 저지르는
사고의 연속이라고 믿는다.
안주하는 순간 끝이다.
'주류'라는 딱지가 붙는 걸 경계한다.
무언가를 대표하는 순간,
더 이상 자유롭지 않다고 느낀다.
"성공을 복제하지 않기."
"실패에 집착하지 않기."
이 두 가지를 원칙으로 삼으며
나는 그때그때 다른,
그러나 자신다운 길을 걷고자 한다.
나이 드는 것은 두렵지 않다.
다만 후져지는 게 두렵다.
청년스러움은 나이가 아니라
순도의 문제라고 생각한다.
그 순도를 유지하기 위해 나는 지금도
모든 것으로부터 '적정 거리'를 유지하려 애쓴다.
그리고 그 거리 안에서,
스스로 무게를 지니지 않으려는 마음으로,
다시 다음 영화를 준비한다.

300만 코어가 1,000만 관객보다 낫다

사람들은 나를 '1,000만 감독'이라고 부른다.
하지만 나는 1,000만이라는 숫자를
목표로 삼은 적이 없다.
그건 비정상적인 숫자다.
전 인구의 5분의 1이 보는 것이다.
나는 언제나 손익분기를 넘기면 된다고 생각했다.
내가 만든 영화들이 '대중적'이라는
인식을 받는 것을 의식하면서도,
영화를 시작할 때부터 모두가 좋아할 영화는 아니라고
생각했다.
흥행보다는 방향, 전략보다는 진심이 중요했다.
1,000만을 기준으로 영화의 성패를 재는 프레임은
영화와 영화인들에게 왜곡된 긴장감과
압박감만 남겼다.
"1,000만 넘으면 어쩔 거고, 안 넘으면 어쩔 건데.

그게 당신 인생에 무슨 변화를 주나."
나는 그렇게 되물었다.
관객 수보다 중요한 건 관객의 밀도다.
가볍게 스쳐간 1,000만보다
오래 기억하는 300만이 더 강력하다.
애정 없이 본 1,000만 영화보다
애정으로 본 300만 영화가 더 오래간다.
내 기준은 단순하다.
다음 영화를 만들 수 있느냐.
관여한 사람들이 손해 보지 않고,
다음 작품을 할 힘을 얻으면 그걸로 충분하다.
앞서 '상업영화'라는 말도 좋아하지 않는다고 한
이유도 그래서이다.
모든 걸 상업적 기준으로 재단하면
영화의 자존이 무너진다고 느끼기 때문이다.
'얼마나 많은 사람이 봤느냐'보다
'어떤 사람이 어떻게 봤느냐'가 중요하다.
그 안에 내가 지키고 싶은
영화적 자존심이 들어 있다.

맺집, 그리고 지나가는 시간

〈군함도〉 이후 나는 오랫동안 세상과 거리를 두었다.

힘들게 영화를 완성해서 공개했음에도

숨고 싶었다.

대외 활동을 꺼리게 되었고,

한동안 도 닦는 시간 같은 침묵의 시기를 보냈다.

사실 이 영화는 한 장의 사진에서 시작되었다.

필름케이 김정민 대표가 보여준

군함도의 사진은 충격이었다.

전혀 몰랐던 역사였고, 부끄러웠다.

그래서 반드시 영화로 만들어야 한다고 결심했다.

나는 일본을 찾아가 사학자들을 만나며

군함도의 실상을 파고들었다.

조선인이 조선인을 괴롭힌 사례 같은

불편한 진실도 외면하지 않았다.

어쩔 수 없었을지도 모를

그 '배신'의 흔적도 남기고 싶었다.

영화는 200억이 넘는 대작이 되었고,

촬영지로 군함도를 쓸 수 없었던 탓에

거대한 세트를 지어야 했다.

수백 명의 스태프와 배우들이 참여했다.

모든 것이 예민했고,

모든 것이 고통스러웠다.

그런데 영화가 완성되기도 전에 익명의 글이 퍼졌다.

류승완 감독이 보조 출연자들에게는

아이스크림을 주지 않았고,

임금을 체불했고,

현장 관리가 엉망이라는 내용이었다.

확인해본 결과 모두 사실무근이었지만

해당 글은 폭발적인 속도로 퍼졌고,

언론이 그것을 확대했다.

개봉 이후엔 역사 왜곡, 스크린 독과점, 정치적 의도 등

모든 비난이 나에게 집중됐다.

악플이 7,000개였다.

(그 당시 엄청난 비난에 시달렸던 어금니아빠 이영학

사건에 달린 댓글이 2,000개였다.)

나는 마치 나라를 팔아먹은 사람처럼 되었다.

민족의 아픈 기억을

상업적으로 이용한 사람으로 몰렸다.

감당할 수 없는 고통이었다.

공황장애가 왔고,

사람을 만나는 게 두려워졌다.

시사회장에 가는 것도 힘들었다.

그토록 좋아했던 영화를 그만두고 싶었다.

결국 나를 버티게 해준 것은 가족, 동료들,

진심을 알아주는 몇몇의 응원들이었다.

시간이 지나고서야 깨달았다.

"모든 건 지나간다"

그리고 그 시간은 나에게 맷집을 남겼다.

〈군함도〉는 어떤 면에서 큰 실패였지만,

그 실패 덕분에 나는 더 깊게 고민하고,

더 치열하게 토론하고, 더 조심스럽게

작업하는 법을 배웠다.

승승장구만 했다면

오히려 더 위험했을 수도 있다고 생각한다.

박경리 선생의 문장을 떠올렸다.

"가장 힘든 순간에도 웃으며 이야기할 수 있는

날이 온다."

그건 경험에서 온 진리였다.

나쁜 순간도,

좋은 순간도,

다 지나간다.

자기의 실수를 책임지지 않는 문화

요즘 한국 사회를 보면 책임 회피가 너무 많다.
결과가 나쁘면 다 시스템 탓을 하거나
주변 환경을 비난하는 태도를 취한다.
좋은 것에 한평생을 써도 모자랄 시간인데,
왜 나쁜 것에 에너지를 쓰는지 이해할 수 없다.
공동체가 더 나은 방향으로 나아가기 위해서는
책임의식이 회복되어야 한다는 생각이 들었다.
정치권의 네거티브 전략과
평가 중심의 사회 분위기 속에서
사람들의 태도도 점점 의심과 비난으로 기울고 있다.
사람들은 서로를 의심하고 쉽게 비난한다.
사람은 누구나 2~3일 안 씻으면
냄새 나는 존재인데,
작은 단면으로 전체를 판단하는 경향이
너무나 강해졌다.

백종원 대표의 예산시장 사례를 보면서
나는 같은 생각을 했다.
"자기들이 선택해놓고 왜 책임을 남에게만 묻지?"
자기 실수를 인정하고,
공동체 속에서 타인을 배려하는 태도는
초등학교 도덕 교과서 수준의 기본이지만,
어른들이 오히려 그것을 지키지 못하고 있다.
내가 생각하는 배려는 거창한 게 아니다.
아주 구체적인 삶의 태도다.
비 오는 좁은 골목길에서
우산이 부딪히지 않게 걷는 법,
주차할 때 옆 차를 생각하는 여유,
공공장소에서 아이 목소리를 낮추는 예의.
그 작은 습관들이 모여
사회의 신뢰를 만든다고 믿는다.
예술은 무책임한 사람들이 저지르는
사고의 연속이라고 말한 바 있다.
그렇기 때문에 더욱 더 책임과 자유의 균형 속에서
창작자가 어디에 서야 하는지를
고민해야 한다고 생각한다.
그래서 더 큰 자기 책임이 필요했다.

나는 권력과도 제도와도,
어떤 집단과도 적당한 거리를 유지하려 애쓰면서
무게보다 유연함을 택하기 위해 노력했다.

평판을 포기할 때 비로소 가능한 것

〈모가디슈〉 해외 로케이션을 하며
나는 '좋은 사람'으로 남는 걸 포기했다.
수백 명이 낯선 땅에서 움직였다.
군중 신의 엑스트라까지 포함해서,
현장에서는 셀 수 없을만큼 다양한 목소리가 나왔다.
그럴 때 필요한 건 자유보다 규율,
따뜻한 말보다 명확한 판단이었다.
나는 현장에서 명확한 통제와 규율이
중요하다고 강조했다.
감독은 착한 사람이 아니라 정확한 사람이어야 했다.
악당 소리를 들어도 명확하게 제시해야 했다.
현장은 언제나 매서워야 했다.
나는 평판을 신경 쓰기보다는,
매 순간 빠르고 명확한 결정으로
팀을 이끄는 것을 선택했다.

"저 사람 괜찮은 사람이야"라는
평을 얻고자 하는 순간,
오히려 영화는 엉키기 시작한다는 것이 나의 지론이다.
〈모가디슈〉는 모로코의 외딴 해안 도시에서 촬영됐다.
여섯 개 언어가 뒤섞인 혼돈이었다.
한국에서조차 쉽지 않은 대규모 군중 장면을,
언어도 통하지 않는 아프리카의 외딴 해안 도시에서
촬영하는 건 엄청난 도전이었다.
그런데 나는 그걸 도전이 아니라
훈련의 기회로 받아들였다.
〈군함도〉와 〈베를린〉을 통해 배운 게 있었다.
말이 통해도 뜻이 안 통할 수 있었고,
말이 안 통해도 뜻이 통할 수 있었다.
집중과 눈치가 통역보다 강했다.
국경을 넘는 작업에 필요한 건
단순한 언어 능력이 아니라
서로의 진심을 알기 위한 집중력임을 배웠다.
나는 해외 로케이션이 국내 촬영보다
특별히 어렵다고 생각하지 않았다.
오히려 '이 악조건 속에서도 해냈다'는 성취감이
나를 더욱 단단하게 만들었다.

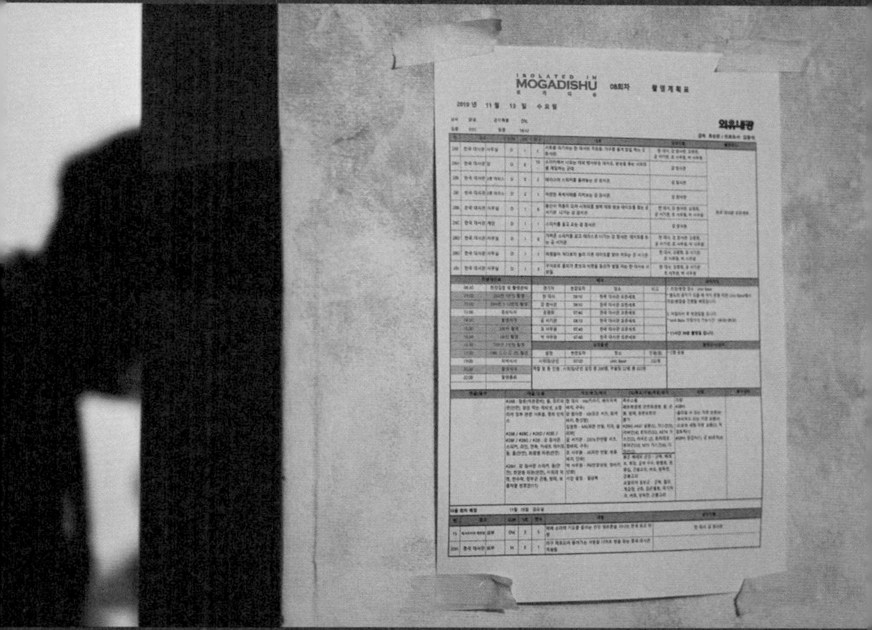
ISOLATED IN
MOGADISHU
08회차
촬영계획표
2019 년 11 월 13 일 수요일
외유내강

〈군함도〉의 아픔이 있었기에

〈모가디슈〉가 가능했다.

좋은 경험은 남기고, 나쁜 경험은 걷어내며

나는 계속 진화했다.

모든 작업은 다음을 위한 준비였다.

그게 내가 영화로 살아온 방식이었다.

영화 한 편을 만들 때마다 얻는 교훈과 기술,

사람과의 신뢰는 다음 프로젝트의 발판이 된다.

그래서 나의 영화는 언제나 '진화'하고 있고,

그 진화의 흐름은 누가 대신해줄 수 없는

나만의 궤적이다.

흥행작 너머의 대중

〈베테랑〉은 내게 단순한 흥행작이 아니었다.
그 영화로 나는 처음으로
'대중과의 진짜 만남'을 경험했다.
개봉 후 장모님과 식당에 갔을 때,
손님들이 나를 알아보지도 못한 채
〈베테랑〉 이야기를 나누고 있었다.
미장원에서도 마찬가지였다.
영화계 사람이 아닌 일반 관객들이
내 영화를 자기 일처럼 이야기하는 그 순간,
나는 완전히 다른 세상의 반응을 체감했다.
그 전까진 "무슨 영화 만드셨어요?"라는
질문에 장황하게 설명해야 했다.
하지만 〈베테랑〉 이후에는 제목 하나로 충분했다.
그 영화는 나를 '대중영화 감독'으로
확실히 자리 잡게 만들었다.

그리고 나는 깨달았다.

"외부의 시선으로 봐야 명확해진다."

그건 나 자신이 아니라,

나를 바라보는 대중의 시선이

내 정체성을 새로 써주는 순간이었다.

〈베테랑〉은 내게 흥행에만 성공한 영화가 아니었다.

스태프들과의 인연이 이어졌고,

그중 몇몇은 지금도 나와 함께 일하고 있다.

음악 역시 잊을 수 없다.

칸 레드카펫을 걸을 때

영화의 메인 테마가 울려 퍼졌던 순간,

나는 그 소리를 평생 잊지 못할 것이다.

〈베테랑〉은 내게 업적, 관계, 기억을

동시에 안겨준 영화였다.

성장하는 주인공, 성장하는 감독

〈베테랑 2〉는 나에게 단순한 속편이 아니었다.
나는 늘 시리즈물에 대한 환상이 있었다.
〈리썰 웨폰〉이나 〈폴리스 스토리〉처럼
내가 사랑해온 형사 영화들,
그 계보 안에 언젠가는 나도 서보고 싶었다.
그래서 〈베테랑 2〉는 오랜 꿈의 연장이자,
나 스스로 연출자로서 처음 완성한 시리즈라는
의미가 있었다.
그렇다고 숙제를 끝낸 기분은 아니었다.
오히려 영화를 만들수록
주인공 서도철에 대한 애착이 더 커졌다.
그는 단순히 내가 만든 캐릭터가 아니라,
내가 세상을 바라보는 방식과 함께 성장하는 존재였다.
1편의 서도철은 무식하고 직진하는
'사이다형 형사'였다.

하지만 2편의 서도철은 점점 모호한 세계 속에서
고민하고 반성하며 성장했다.
그 변화는 결국 나 자신의 심리 변화이기도 했다.
나이가 들수록 세상이 점점 흐릿해졌고,
정답이 사라진 시대 속에서
판단하기가 점점 더 어려워졌다.
“이젠 모든 게 예전처럼 명쾌하지 않다.”
그건 단순히 노안에 대한 비유가 아니라,
정보와 감정이 너무 많아져서 생긴
피로의 고백이었다.
서도철이 아들에게 “아빠가 생각이 짧았다”고
사과하는 장면은
나에게도 특별한 장면이었다.
나는 자신의 실수를 인정하고 사과하는 어른이
멋있다고 생각해왔다.
그건 내 모습이기도 했다.
나도 살면서 수없이 잘못 판단했다.
처음엔 분노했던 사건이 시간이 지나
가해자와 피해자가 바뀌어 있던 적도 있었고,
잘못했다고 생각했던 동료가
사실은 아무 잘못이 없던 적도 있었다.

그런 경험이 쌓이면서 나는 더 조심스러워졌다.
그 마음을 영화에 담고 싶었다.
그래서 〈베테랑 2〉는 이전보다
훨씬 불친절한 영화가 되었다.
명쾌한 결론 대신, 인물의 내면을
더 깊이 들여다보고 싶었다.
그리고 그 불친절함이 곧 내 한계이자,
지금의 내 모습이었다.
"그 불친절함마저 매력적으로 만들었어야 했다."
그건 단순한 겸손이 아니라,
진심 어린 반성의 말이었다.
〈베테랑〉 시리즈는 내게 유쾌한 오락 영화
이상의 의미가 있다.
1편이 너무 큰 성공을 거둔 탓에,
2편은 오히려 두려웠다.
관객의 기대치를 충족시키면서도
내가 말하고 싶은 이야기를 담아내야 했기 때문이다.
특히 1편에서 폭력적 해결 방식이
인기를 끌었던 건 불편했다.
그래서 이번엔 서도철이 책임지는 어른으로,
성장한 주인공으로 나아가길 바랐다.

〈베테랑 2〉는 결국 나 자신이
과거에 저질렀던 오류를 되돌아보고
그걸 영화 속에서 해소하려는 시도였다.
그 시도는 단순히 캐릭터의 성장에 머물지 않았다.
감독으로서 내가 세상과 관계 맺는 방식,
더 깊고 조심스러운 시선으로 나아가는
계기가 되었다.

4장

생존

"가장 오래되고, 또 짧은 단어인 '네'와 '아니오'는 생각을 가장 많이 해야 할 단어다."

—피타고라스Pythagoras

'네'와 '아니오' 사이에서 우리는 평생을 고민하며 살아간다. 영화감독은 흔히 '선택해야 하는 직업'이라고 불린다. 한 편의 영화를 완성하기까지 감독이 내려야 하는 결정은 수백, 수천, 어쩌면 수백만 가지에 이를 것이다. 그 선택 하나하나에 책임을 지는 일이야말로 감독이라는 직업의 고독을 드러낸다.

류승완 감독이 자신을 "운 좋게 살아남은(혹은 살아남는 중인) 사람"이라고 말했을 때, 나는 그 표현 속에 담긴 무게를 체감했다. 그에게 생존은 단순히 성공과 실패의 문제가 아니다. 생존은 다음 작업으로 넘어가기 위한 조건이며, 지속 가능한 창작을 위한 시스템의 구축을 의미한다. 외유내강에서 마련해온 프로세스, 배우자이자 동료인 강혜정 대표와의 역할 분담, 한 작품을 끝낸 뒤 다시 새로운 프로젝트로 들어가기 위한 루틴들은 모두 그가 구축해온 생존 방식의 핵심이다.

흥미로운 점은, 그에게 '생존'이 두려움의 언어가 아니라 창작을 지속하기 위한 전략이라는 사실이다. 변화의 속도가 너무 빠른 지금의 영화 환경에서, 그는 생존을 수동적인 방어가 아닌 능동적 구축의 문제로 바라본다. 그 태도는 단지 한 감독의 뒷이야기가 아니라, 창작자로서 어떤 기준과 리듬을 유지해야 하는지에 대한 실천적 조언처럼 느껴졌다.

프랭크 시나트라의 곡 '마이 웨이'에는 "기록이 보여주리라, 내가 버텨왔음을"이라는 구절이 있다. 이 장에서 우리는 류승완 감독이 스스로의 방식으로 버텨온 흔적, 그리고 그가 만들어온 '나만의 길'을 확인하게 될 것이다.

나를 수식하는 단어, 생존

내 이름 앞에는 오랫동안
'액션', '형제', '열정' 같은 단어들이 붙었다.
하지만 지금의 나를 설명하는 가장 정확한 단어는
아마 '생존'일 것이다.
나는 늘 스스로를
"버텨왔고, 끝내 살아남은(혹은 살아남는 중인)
감독"이라고 말했다.
그건 단순히 버텼다는 의미가 아니다.
나만의 방식으로 시스템을 만들고,
관점을 지켜냈다는 의미다.
가난했던 어린 시절부터,
〈죽거나 혹은 나쁘거나〉로
'무서운 신인'이라 불리던 때까지
내 가장 큰 화두는 언제나 영화판에서의 생존이었다.
공사판 아르바이트를 하다 시멘트 독이 올라

시상식에 갈까 말까 고민하던 기억은
지금도 생생하다.
그만큼 삶과 영화의 경계는 늘 맞닿아 있었다.
그 시절, 봉준호 감독과는
"제빵 기술을 배워볼까?"라는
현실적인 고민을 함께 나눴다.
박찬욱 감독 역시 연이은 흥행 실패로
'더 이상 연출을 못 맡을 것'이라는 이야기를
듣던 시기였다.
모두가 벼랑 끝이었다.
누구에게나 그런 시절이 있겠지만,
나에게 '생존'이란 말은 조금 더 처절했다.
〈피도 눈물도 없이〉, 〈아라한 장풍대작전〉,
〈주먹이 운다〉, 〈짝패〉까지
코어 팬층을 만들며 달려오던 나는
2008~2009년 자본 거품 붕괴로 큰 위기를 맞았다.
프로덕션이 줄줄이 문을 닫고 제작 편수가 줄었다.
통일신라 배경의 좀비물 〈야차〉를 기획했지만
투자가 끊기며 무산됐다.
또 한 번의 생존 고비였다.
"이러다 다 무너질 수도 있겠다."

그때 나는 〈다찌마와 리〉 극장판을 꺼냈다.

결과는 패착이었다.

그 일을 겪고 결심했다.

“내 안에서 순수한 열정이 아닌

다른 것이 개입될 때는 한 번 더 생각하자.”

회사를 접을 위기까지 갔다.

밀린 월급을 마련하려고 광고, 뮤직비디오를 찍으며

급히 돈을 모았다.

사무실은 정리했고, 집기는 창고로 옮겼다.

딸이 하남 체육센터에서 농구를 배우던 시절,

등록비 몇만 원이 없어 고민하던 순간,

나는 직업 감독으로서 모든 것을 내려놓고

이직을 생각했다.

친구가 하는 가락시장의 가게에서

일을 할 계획이었다.

그때 〈부당거래〉가 들어왔다.

여러 감독을 거쳐 내게 온 프로젝트였다.

그 영화는 흥행과 비평을 모두 잡았다.

나는 다시 살아났다.

이후 〈베를린〉이 700만 관객을 모았고,

임필성 감독의 표현처럼 ‘감독 체급’을

한 단계 올릴 수 있었다.
〈베테랑〉이 1,341만 관객을 동원했다.
이름만 들어도 아는 감독으로 거듭났다.
하지만 〈군함도〉는 또 다른 위기였다.
나는 한동안 인터뷰를 피하고,
사람들 앞에 서지 않았다.
그리고 코로나가 닥쳤다. 모든 영화가 멈췄다.
나는 다시 마음을 다잡고 〈모가디슈〉를 만들었다.
그 영화는 362만 관객을 모았고,
“류승완의 영화 중 가장 서사가 단단한 작품”이라는
평을 들었다.
4년 만의 복귀였다.
2024년 〈베테랑 2〉를 개봉했고,
2026년엔 〈휴민트〉가 개봉을 앞두고 있다.
〈해치〉 외전과 〈베테랑 3〉도 준비 중이다.
나는 여전히 영화를 만들고 있다.
벼랑 끝에서 돌아올 때마다
나는 조금씩 다른 사람이 되어 있었다.
더 강해졌고, 더 정직해졌고,
무엇보다 더 진지한 사람이 되어 있었다.

확증편향에서 벗어나 사실을 있는 그대로 보기

살다 보면, 현상을 사실 그대로 보는 일이
얼마나 어려운지 절감하게 된다.
나 역시 예외가 아니었다.
대부분의 사람은 자신의 판단을 통해
세상을 해석한다.
나도 그런 훈련을 해보려 했지만, 쉽지 않았다.
어려운 일이기에, 사람들도 잘 하지 않으려 한다.
요즘의 디지털 환경은
'자유로운 의견 표현'을 넘어섰다.
익명성 뒤에 숨은 공격들이 반복되면서
사람들 스스로도 피로에 잠식돼간다.
나는 그래서 온라인 실명제가 필요하다고 생각한다.
자신의 의견에 책임을 져야 한다.
나는 영화를 개봉할 때마다
수많은 평가를 받는 입장에 있다.

그래서 정체가 드러난 누군가의 비판은
오히려 귀 기울여 듣는다.
하지만 익명의 폭력은 방향을 잃게 만든다.
조작된 여론, 의도된 분노….
결국 모든 것이 사람들의 '화'를 자극하는
구조 안에 있다.
카메라와 감시 장비가 일상이 된 지금,
그 기술들은 원래 권력을 감시하고
부조리를 드러내야 했다.
하지만 현실은 오히려
개인을 옥죄는 방향으로 흘러가고 있다.
이 시대에 살아남기 위해 필요한 건 기술이 아니라,
진실을 향해 눈을 뜨는 훈련일지도 모르겠다.

나만의 방식으로 끝내 버텨내기

〈죽거나 혹은 나쁘거나〉는 내게
단순한 데뷔작이 아니었다.
그건 나의 존재 증명이었다.
소속되지 못한 사람도 끝내 해낼 수 있다는
선언이었다.
그때 나는 스물셋이었다.
이미 세 편의 장편 시나리오를 썼지만,
공모전에서는 번번이 탈락했다.
돈도, 인맥도, 배경도 없었다.
그래서 전략을 바꿨다.
장편을 단편 에피소드로 쪼개 하나씩 완성하는 방식.
첫 에피소드는 아내 강혜정 대표가
주택부금을 깨서 마련한 돈으로 찍었다.
영화제에서 받은 상금 500만 원은
바로 다음 에피소드 제작비로 썼다.

그렇게 하나씩 이어붙였다.
'에피소드마다 상금을 받아 다음 편을 만든다'는
말도 안 되는 계획이었다.
그런데 결국 하나의 장편이 완성되었다.
〈죽거나 혹은 나쁘거나〉는 충무로의 중심이 아니라
완전히 바깥에서 시작된 영화였다.
나는 정식 영화과 출신도 아니었고,
든든한 학맥도 없었다.
충무로에서는 "독립영화계 애"로,
독립영화계에서는 "충무로 스태프"로 불렸다.
어디에도 속하지 못한 영원한 주변인이었다.
하지만 그 외로움 속에서도
손을 내밀어준 사람들이 있었다.
박찬욱 감독은 내 단편을
비디오 대여 체인점인 영화마을에 소개해줬고,
세 번째 에피소드가 상을 받자마자
전폭적인 지원을 이끌어낼 수 있었다.
그때 심사위원장이던 이창동 감독,
수상 기회를 양보해준 송일곤 감독,
후반 작업을 도와준 제작팀까지.
그 덕분에 내 주변은 연대의 장이 되었다.

20여 년이 지난 지금,
〈죽거나 혹은 나쁘거나〉가
4K 리마스터링 블루레이로 다시 세상에 나왔다.
감개무량하기보다 복잡미묘한 감정이었다.
그 시절의 나를 다시 보는 일은
한편으론 자랑스럽고,
한편으론 부끄러웠다.
지금도 어딘가에는 나처럼
소속되지 못한 사람들이 있을 것이다.
그들에게 이 영화가 "그래도 할 수 있다"는
증명이 되길 바랐다.
내 영화 속 대사,
"강한 사람이 오래가는 게 아니라,
오래가는 사람이 강한 것이다."
그 말은 지금도 내게 유효하다.
나는 여전히, 자기 방식으로
끝내 버틴 사람으로 남아 있고,
계속 그렇게 남고 싶다.

판단을 늦추는 자세

살다 보면 빨리 판단했다가 후회하는 경우가 많다.
선하게 보였던 사람이 낯선 얼굴로 돌아서기도 하고,
악인이라 믿었던 이가 알고 보니
피해자였던 적도 있다.
그런 경험이 쌓이면서 나는 자연스럽게 '판단을
늦추는 사람'이 되려고 노력하게 되었다.
나는 늘 다짐했다.
"판단을 보류하자. 최대한 늦추자."
하지만 그건 생각보다 쉽지 않았다.
나는 감정에 잘 이끌리는 사람이었다.
기분이 나쁘면 나쁜 대로,
좋으면 좋은 대로 반응했다.
어떤 사람은 내 순간적 판단을 배신하며
'내가 틀렸구나'라는 자각을 주기도 했다.
반대로 어떤 사람은 끝까지 자신을 감춰

끝내 판단을 내릴 수 없는 경우도 있었다.
그럴 땐 그냥 그 사람을 다른 인물로
대체하는 식으로 흘러가곤 했다.
〈부당거래〉는 그런 나의 태도가 반영된 영화였다.
그 영화 속엔 선도 악도 없다.
권력, 검찰, 경찰, 언론, 조직폭력배.
영화 안에서 어느 누구도 완전히 선하지 않고,
또 완전히 악하지 않다.
그 누구도 완전히 깨끗하지 않았다.
나는 영화 속 디테일 하나하나를 채워가기 위해
가능한 한 모든 입장을 들으려 했다.
당사자, 주변인, 그 안에서도 아군, 적군의 입장,
모두의 말을 들어야 했다.
〈부당거래〉를 할 때 주진우 기자의 도움이 컸다.
그는 검찰 조사를 많이 받아본 사람이었고,
그 경험 덕분에 나는 현실적인 디테일을
채울 수 있었다.
나는 직접 검찰청에 나가
전직 검사, 형사, 기자들과 이야기를 나눴다.
검사실 내부의 구조,
용어의 뉘앙스까지 직접 확인하며

정밀하게 장면을 구성해냈다.

그 모든 걸 직접 확인하며 구축했다.

정확하게 보기 위해선 기다려야 했다.

그리고 듣는 일부터 시작해야 했다.

'판단을 늦추는 자세'.

그건 내 영화가 사람을 보는

눈을 잃지 않는 이유 중 하나이기도 하다.

지금 이 말이 정말 필요한가

요즘은 말이 넘쳐나는 시대다.
표현의 자유가 확대된 건 좋은 일이지만,
그 자유가 종종 누군가의 인격을 해치는
흉기로 변한다.
그래서 나는 점점 말하기가 어려워졌다.
예전엔 인터뷰도 좋아했다.
현장에서나 강연 자리에서,
말로 내 생각을 전하는 걸 즐겼다.
하지만 지금은 생각이 달라졌다.
이렇게 말이 넘치는 시대에,
내가 굳이 말을 하나 더 얹는 게
무슨 의미가 있을까 싶다.
영화를 만들어 내놓는 것만으로도
충분히 말한 셈이라고 생각한다.
그게 나의 발언이고, 나의 메시지다.

그래서 인터뷰 제안을 대부분 고사하기도 했다.
지나치게 과열된 담론,
그리고 그것을 증폭시키는 미디어의 구조가
이젠 좀 버겁게 느껴졌다.
어떤 사건이 벌어지면
너무 많은 사람들이 말을 쏟아낸다.
물론 얘기할 수는 있다.
하지만 그 말들이 방송으로, 기사로,
SNS로 퍼져나갈 때 그것이 무섭다는
생각이 들때가 많았다.
그게 내 삶에 아무 도움도 되지 않았다.
오히려 피로만 쌓였다.
사람들이 너무 쉽게 욕하고, 너무 쉽게 열광한다.
그건 판단이 아니라 반사적인 감정이다.
나는 이제 누군가를 쉽게 비난하지 않으려 한다.
그리고 쉽게 열광하지도 않으려 한다.
정말 들여다볼 가치가 있는 일이라면
깊이 들여다봐야 하지만,
그게 아니라면 조용히 거리를 둔다.
생존의 태도는 말하는 방식에도 깃든다.
나는 말하기 전에 스스로 묻는다.

"지금 이 말이 정말 필요한 말인가."
빠른 말보다 늦게 하는 말이 더 무겁고
의미 있게 남을 수도 있다는 것을,
나는 경험으로 알게 됐다.

사랑의 뿌리가 흔들릴 때

나는 스스로 가족에 대한 애착이
큰 사람이라고 말해왔다.
강혜정 대표도
"류승완은 집과 영화밖에 모르는 사람"이라고
말하곤 했다.
그래서인지 내 영화에는
늘 가족, 관계의 해체와 회복이 등장했다.
어떤 평론가는 내 영화를 "장남의 영화"라
부르기도 했다.
그러다 보니 요즘 뉴스에서
가족 간의 범죄 사건을 볼 때마다
참담한 마음이 든다.
'핸드폰 보지 말라고 했다고 아버지를 찔러 죽였다'
같은 소식은 이제 흔한 뉴스가 되어버렸다.
사람을 직접 만나고 대화하는 경험이 줄어들다 보니

사람이 사람을 입체적으로 보지 못하고
이미지로만 본다.
그 결과 관계의 기본인 윤리 감각이 무너지고 있다.
나는 가족의 해체가 단순히 개인의 선택 문제가
아니라고 생각한다.
그건 사회 전체의 존속과 연결된 문제다.
결혼을 하고, 자녀를 낳고, 가정을 이루는 건
단순한 개인의 자유라기보다
책임의 영역이라고 믿는다.
자녀가 생겼다면 그 순간부터는
서로가 가정의 평화를 지킬 책임을 져야 한다.
가정이 파괴되면 그 상처는 아이에게 평생 남는다.
가정은 누군가에게 처음으로
"나는 사랑받을 수 있는 존재"임을
알려주는 곳이기 때문이다.
요즘 세상은 인간의 미래를
비관적으로 보려는 시선이 많지만,
그럴수록 나는 가족이라는
작은 공동체의 역할이 더 중요하다고 생각한다.
그게 무너지면 사회 전체의 신뢰도 함께 무너진다.
사람에게 상처받으면 사람에게서 회복해야 한다.

하지만 지금은 상처받으면 차단하고,
다른 곳에서 해결하려 한다.
그렇다 보니 함께 영화관에서 영화를 보는
경험조차 매력적으로 느껴지지 않는 시대가 됐다.
가정이란 울타리가 무너지면
사람은 쉽게 피폐해진다.
요즘 젊은 세대가 연애를 두려워하고,
관계 자체를 피하려 하는 걸 보면 마음이 아프다.
우리 연애할 땐 정말 돈이 없었다.
카페도 못 가고 버스 종점까지
같이 가는 게 데이트였다.
좌석버스를 타면 그게 럭셔리한 데이트였다.
그런데 지금은 돈이 없어서가 아니라,
관계 맺는 걸 두려워하는 시대가 됐다.
지금의 남녀 갈등도 본질을 놓치고 있다는
생각이 든다.
사랑과 가족, 인간의 연결에 대한 고민 없이,
단지 '성 주도권' 싸움으로만 흘러가는
현실이 안타깝다.
나는 결국 민둥산이 될까 걱정이 된다.
서로 눈앞의 나무만 자꾸 베어내다 보면

결국 숲 자체가 사라져버릴 수도 있으니까 말이다.

사랑, 가족, 관계.

이 오래된 단어들이 지금 우리에게

가장 절실한 가치라고 믿는다.

그리고 내 영화 속 모든 이야기들은

그 믿음 위에 세워져 있다.

먹고 살려면 어디까지 해야 되는 거냐?

〈밀수〉를 만들 때, 나는 스스로에게 묻는
질문이 있었다.
"먹고 살려면 어디까지 해야 되는 거냐?"
그 대사는 영화 초반, 진숙의 아버지가
밀수 제안을 받고 망설이는 장면에서 나온다.
짧은 한마디였지만,
나에겐 이 영화 전체를 관통하는 문장이었다.
〈부당거래〉의 "호의가 계속되면 권리인 줄 알아요."
〈베테랑〉의 "우리가 돈이 없지, 가오가 없냐."
그런 유행어들이 있었다.
하지만 이번엔 조용한 질문이었다.
"먹고 살기 위해 하는 일들이 정말 사람에게
해를 끼치지 않는가?
나는 지금 사람들에게 도움이 되는 일을
하고 있는가?"

나는 영화를 업으로 삼은 사람이다.
결국 이 일도 생업이다.
그렇기에 스스로에게 더 자주 묻게 된다.
"나는 어디까지 해야 하나?"
현장에서 스턴트맨이 다치는 걸 볼 때면
그 질문이 더 깊어진다.
'이 장면을 위해 여기까지 해야 하나?'
그건 단지 예술가로서의 양심이나
윤리의 문제만이 아니다.
이 시대를 사는 모든 사람들의 내면에
자리해야 할 질문이라고 생각한다.
사람들이 "먹고 살자고 하는 거잖아"라고 말할 때,
그게 정말 정당화가 될 수 있는가.
나는 이 대사를 통해 우리가 너무 쉽게 내뱉는
일상의 핑계들을 돌아보길 바랐다.
생존과 범죄, 합리화와 윤리의 경계에서
나는 여전히 고민하고 있다.
그리고 그 고민은 영화 속에서 조용하지만
묵직한 물음표로 남는다.
"우리는 지금, 어디까지를 괜찮다고 여기고 있을까."

환경에 해를 덜 끼치고 작업하기

영화는 예술이지만 동시에 거대한 소비 산업이다.
스펙터클한 한 장면을 위해
수십 대의 차량이 파손되고,
한 번 쓰고 버려지는 세트와 소품이 쏟아진다.
나는 종종 그 앞에서 스스로 묻는다.
“이렇게까지 해야 하나?”
현장에서 나오는 쓰레기 양은 적지 않다.
스태프 수십 명이 밥 한 끼만 먹어도
컵, 포장지, 일회용품이 쌓인다.
커피차 한 대가 들어오면 감사하지만,
다 마시지 못한 음료들이 그대로 버려진다.
결국 치우는 건 제작부다.
그게 늘 미안했다.
나는 단지 현장의 청결만 생각하는 게 아니다.
폭파 장면의 화염, 유독성 연기, 파편,

그리고 과거 필름 시절의 화학물질들….

영화는 수많은 자원을 쓰고,

때로는 환경을 훼손하며 만들어진다.

그래서 요즘은 환경에 해를 덜 끼치는 방법을

고민한다.

작은 것부터라도 바꾸고 싶다.

사무실 프린터는 이면지로만 출력되게 설정해두었다.

별것 아닌 습관이지만,

그게 영화라는 거대한 소비 산업에서

감독의 역할을 맡고 있는 나의 태도다.

제작자들이 나를 "촬영을 효율적으로 끝내는

감독"이라고 말하는 이유도

결국 이런 고민과 연결되어 있다.

그건 단순히 비용 절감의 문제가 아니라,

지속 가능한 작업을 위한 마음이다.

시장에 비해 산업의 사이즈가 너무 크다

한국 영화는 어느 순간부터
과잉 성장의 길을 걸었다.
관객 수는 정체되어 있는데
제작비는 끝없이 올라갔다.
200억, 300억짜리 영화가 흔해졌고,
500~600만 관객을 넘어야
본전을 치는 구조가 되어버렸다.
나는 이 구조가 위험하다고 느낀다.
시장의 크기에 비해 산업의 덩치가 너무 커졌다.
한국어가 통용되는 인구는 제한적이다.
비행기 안에서 한국 영화를 찾아보기란 쉽지 않다.
그런데 스페인, 프랑스, 이탈리아보다
더 많은 제작비를 쓰는 경우가 있다.
심지어 할리우드보다 더 비싼 장비와 인력을
투입하기도 한다.

말이 되지 않는다.
나는 냉정한 현실 인식이 먼저라고 생각한다.
극장 영화 시장의 한계를 인정하고,
그에 맞는 시스템의 체질 개선이
필요하다는 생각이 든다.
무리한 제작비, 방만한 시나리오,
준비도 안 된 채 들어가는 촬영.
이런 것들이 다 문제다.
편집에서 한 시간을 덜어냈다면,
그건 그 한 시간을 찍느라 쓴 시간과 돈이
모두 낭비됐다는 뜻이다.
우리 회사 영화들은 최종 편집에서
보통 20분 이내만 덜어낸다.
그렇게 하기 위해서 시나리오 단계에서부터
철저히 계산한다.
나는 말한다.
"우리는 박찬욱이 아니고, 봉준호가 아니다."
한국 영화를 만든다고 해서
그들과 같은 규모, 같은 방식을 따라야 할 이유는 없다.
그건 오만이다.
지금은 모든 영화인들이

스스로를 냉정하게 돌아봐야 할 시점이다.
무작정 예술만 외칠 수는 없다.
살아남기 위해선 현실 감각이 필요하다.
그게 내가 말하는 시스템이고,
생존의 기술이다.

살아남을 수 있는 구조

생존은 우연이 아니다.
나는 어느 순간, 본능과 감만으로는
더 이상 버틸 수 없다는 걸 깨달았다.
그래서 나와 우리 팀이 계속 영화를 만들 수 있는
시스템을 세우는 일이 가장 중요한 과제라는 걸
알게 되었다.
그 중심에 강혜정 대표가 이끄는
제작사 외유내강이 있다.
우리는 영화를 잘 만드는 것을 넘어서,
영화 제작을 이어갈 수 있는 구조를 고민해왔다.
회사를 만든 이유도 거기에 있었다.
나는 감각적인 감독이라기보다
지속 가능한 시스템을 추구하는 창작자가 되려 한다.
한 편이 끝나도 다음 작업으로 자연스럽게 이어지게,
시나리오 단계에서부터 팀과 각본을 검토하고,

예산·일정을 현실에 맞게 설계했다.
특히 현장에서의 시간 낭비를 최소화하는 걸
중요하게 여겼다.
돈만의 문제가 아니라,
모든 스태프의 시간과 노력을
헛되이 쓰지 않기 위해서였다.
내게 시스템은 운영 방식이 아니라
윤리적 창작 태도에 가깝다.
"내가 만든 영화 한 편 한 편은
나 혼자만의 영광이 아니라 팀 전체의 결과물이다."
외유내강은 그 철학 위에서 굴러갔다.
나는 단지 '다음 작품'이 아니라
그 이후도 버티게 하는 구조를 만들고 있다.
그게 내가 말하는 생존의 본질이다.

2군 선발

한국의 전설적인 평론가 정성일이 만들었던
전설의 영화 잡지 〈키노〉는 폐간 20주년을 맞아
2024년 특별판을 제작했다.
한국 영화의 현재를 대표하는
8명의 감독을 인터뷰했는데,
이창동, 정유미, 연상호, 박찬욱, 나홍진,
봉준호, 홍상수,
그리고 내가 그 주인공이었다.
그 호명은 내 스스로에게 큰 상징이었다.
그럼에도 나는 스스로를 여전히
"2군 선발"이라고 말한다.
오래 버텼기에 이름이 오르내릴 뿐,
맨 앞에서 판을 리드하는 사람은 아니라고 생각한다.
그래서 평가에 별로 휘둘리지 않았다.
좋은 평가가 반갑지도,

나쁜 평가가 섭섭하지도 않았다.

내 목표는 처음부터 지금까지 살아남는 것이었다.

나는 '최고'보다 '지속'을 택했다.

'2군 선발'이라는 표현 안에,

승리보다 생존을 중시해 온 내 태도를 눌러 담았다.

나를 만든 시간

〈죽거나 혹은 나쁘거나〉는 내 인생을 바꿨다.
그리고 여러 사람의 인생도 바꿨다.
흥행·비평으로 더 큰 성과를 낸 작품들이 있었지만,
한 번의 성공을 꼽으라면
그 영화를 만든 '그 순간'이라고 말하겠다.
개인의 노력 위에 시대가 만들어준 성공이기도 했다.
당시는 멜로와 로맨틱 코미디가
한국영화의 주류였고,
액션 장르는 비주류로 밀려나 있었다.
독립영화가 개봉되는 것도 드물었고,
특히 장르 기반의 독립영화는
더욱 찾아보기 힘든 시절이었다.
1990년대를 통틀어 괜찮은 액션영화를
열 편 꼽기도 어려웠다.
나는 장편을 한 번에 만들 힘이 없어서

단편 에피소드를 하나씩 완성해 엮는 방식을 택했다.
필름은 남은 걸 얻어 썼고,
제작비는 아내와 함께 적금을 깨 마련했다.
공적 지원은 단 한 번도 받지 못했다.
코닥 필름 공모, 영화제 지원,
영화진흥위원회 제작 지원, 다 떨어졌다.
그래서 지금도 “한국 영화계에 금전적 빚은 없다”고
농담처럼 말하곤 했다.
(물론 정신적 빚, 개인적인 고마움은 많다.)
성공의 그림자는 부끄러움도 남겼다.
갑작스런 주목 속에 준비되지 않은 채
인터뷰를 쏟아냈고,
오래 도와준 스태프들 가운데 몇은 연락이 끊겼다.
광화문에서 20년 만에 만난 연출부 친구의 이름이
순간 떠오르지 않아 죄스러웠다.
내 꿈을 위해 순수하게 도와준 사람들인데,
다 갚지 못했다.
미안한 마음에 선물을 가방에 넣고 다니며
만나는 분들께 드리곤 했었는데,
그건 근본적인 해결책이 아니었다.
스물일곱, 스물여덟의 나는 잘난 척도 많았고,

미성숙했다.

그 시절 인터뷰를 지워버리고 싶을 때가 있다.

그래도 그 시간은 나를 만들었다.

나는 부끄러움을 껴안고 앞으로 걸었다.

새가슴의 진실

매 작품마다 여전히 기대한다.
흥행, 손익분기, 관객의 사랑…
그 기대가 없었다면 모험 자체를
시작하지 못했을 것이다.
다만 요즘은 내가 가져야 할 환상이 무엇인지
자주 점검한다.
창작에는 어느 정도의 객기와 혈기가 필요하지만,
나는 그게 많은 편은 아니다.
"외유내강이라서가 아니라, 난 새가슴이었다."
겁이 많고 눈치도 많이 봤다.
겉으론 자존심을 지키는 듯해도
속으로는 꺾이기도 했고,
반대로 다 받아들이는 척하면서
내면에 다른 결기를 품을 때도 있었다.
말로 사람이 가진 모든 진실을

다 드러낼 수는 없었다.

나만 아는 진실의 순간들이 결국에는 남았다.

쓰레기를 만들지 말자

나는 낭비를 싫어한다.
어린 시절 가난을 겪은 경험이 검소함이라는
삶의 태도로 이어져,
그것이 습관처럼 몸에 배인 것 같다.
물론 좋은 차를 타고 다니고,
어느 정도 여유는 생겼지만,
불필요한 소비는 하지 않으려고 한다.
오늘 인터뷰를 하기 위해 걸어서 왔다.
절제는 단지 물질적인 차원에만
머물지 않으려 노력한다.
나는 '쓰레기'를 만들지 않으려 했다.
말도, 영화도 결국 쓰레기가 될 수 있기에
늘 조심했다.
연출부와 제작부 친구들에게 종종 물었다.
"지하철역에서 모르는 사람에게

1만 5,000원을 받을 수 있겠어?"
우리는 극장에 영화를 걸고
돈을 내달라고 말하는 사람들이다.
그만큼 책임을 져야 한다.
그래서 시나리오의 한 글자도 허투루 보지 않는다.
오타와 비문을 그냥 넘기지 않는다.
박찬욱 감독님께 배운 습관이었다.
나는 '각본 1페이지 = 1억'이라 생각한다.
100페이지면 100억이다.
A4 한 장의 글자도 통제하지 못하면서
현장에서 무엇을 통제하겠는가.
건축 도면의 몇 밀리미터 오차처럼,
영화도 기본을 어기면 기울기 시작한다.
가끔 제작진들에게도 물었다.
"100억 본 적 있니?
그 돈이 통장에 들어오면 건물을 살래,
영화를 만들래?"
대부분 결국 건물을 고른다.
그럴 수밖에 없다.
그런데 그런 사람들이 왜 100억 가진 사람에게
'내 영화에 투자해 달라'고 자신 있게 말할까.

그건 상업성과 수익을 떠나,
윤리적인 문제라고 생각한다.

영화관도 목욕탕처럼 될 것이다

나는 언젠가 영화가 목욕탕과 닮아갈 거라고 말했다.
1980~1990년대 동네 목욕탕이 사라지고
최상급 사우나·온천만 남았듯,
영화도 최고의 경험을 주는 곳만 살아남을 것이다.
영화는 본래 '평등한 매체'였다.
단관 개봉 시절에는 대통령도, 학생도 같은 극장,
같은 좌석에서 같은 화면을 봐야 했다.
하지만 지금은 달라졌다.
OTT, 홈시어터, 극장의 다양화,
심지어 8석짜리 프라이빗 상영관까지.
누구나 영화는 보지만,
누구나 같은 방식으로 영화를 보지 않는다.
그래서 나는 최상의 경험을 고민했다.
〈베테랑 2〉를 믹싱하며, 좋은 우퍼 사운드는
귀가 아니라 몸으로 느낀다는 걸 다시 확인했다.

바닥이 울리고, 소리가 온몸으로 들어온다.
헤드폰으로는 대체하기 어려운 감각이었다.
하지만 그 경험이 항상 좋은 것만은 아니다.
좋은 극장이라도 누군가 전화하고, 발 올리고,
시끄럽게 하면 극장에서 보기 싫어진다.
결국 '극장 vs. OTT'의 문제가 아니라
개인의 선택의 영역이 되었다.
그래서 되물었다.
"우리가 정말 최상의 경험을 제공하려 했나?"
관객·환경 탓을 하기 전에,
게으름을 먼저 돌아보게 되었다.
영화는 예술이자 과학이다.
기술의 발전 없이는 지금의 영화 시스템도 없었다.
〈스타워즈〉, 〈터미네이터〉 같은 작품들도
창작자가 필요에 의해 시스템을 만들었기 때문에
가능했던 것이다.
결국 영화의 미래는 '경험의 질'을 높이려는
창작자의 숙제를 통해 결정된다.
나는 목욕탕 같은 영화관의 미래를 상상하며,
그 안에서 관객에게 무엇을 줄 수 있을지
스스로에게 다시 묻는다.

스크린 너머의 미래

코로나 이후 달라진 소비,
AI 기반 콘텐츠의 확장 속에서 나는 CES에 갔다.
스피어의 360도 몰입 영상, 투명 스크린,
자율주행 내부의 시네마라이즈…
충격이었다.
그러나 과학자들 대부분이 말했다.
"AI는 스스로 첫 질문을 던지지 않는다."
질문은 인간의 몫이다.
방향을 정하는 것도 인간이다.
나는 창작자가 가져야 할 감각은
단지 '저항'이 아니라
'활용'과 '본질 회복'에 있다고 본다.
무엇을 어디에 담든,
관객은 결국 진짜 경험을 원한다.
그렇다면 여전히 영화는 예술로 남을 수 있다.

중요한 건 늘 같다.

"무엇을 보여줄 것인가."

그걸 어디에, 어떻게 담을지는 달라질 수 있지만,

사람들의 심장을 뛰게 하는

이야기와 이미지가 여전히 핵심이라고 생각한다.

극장과 OTT의 동행

1995년 SBS 드라마 〈모래시계〉는
'귀가시계'라는 별명을 얻었다.
본방송을 보기 위해 사람들이
귀가를 서두를 정도였고,
시청률이 50~60퍼센트를 넘기도 했다.
당시엔 TV를 가진 가구의 절반 이상이
동시에 같은 드라마를 시청했다.
영화도 마찬가지였다.
서울 단관 개봉 시대, 주말에 흥행작을 보려면
새벽부터 줄을 서서 저녁이 돼서야 입장했다.
그에 비하면 지금은 격세지감이다.
전국에 3,000개가 넘는 스크린,
손 안의 스마트폰으로
언제든 영상을 감상할 수 있는 시대다.
'본방사수'란 말은 옛말이 됐고,

영상은 2배속, 10분이면 긴 콘텐츠가 되어버렸다.
시간을 맞춰 극장에 가야 하고,
되감기도 안 되는 관람 방식은
젊은 세대에겐 불편하게 느껴질 수 있다.
이런 시대에 과연, 극장에서 '꼭' 봐야 할 영화가
존재할까?
마침 206분짜리 마틴 스코세이지 감독의
〈킬러스 오브 더 플라워 문〉을 감상한 다음 날,
그 이야기를 나눴다.
예전엔 모두가 같은 시간에 같은 스크린을 봤다.
지금은 2배속, 숏폼, 수천 개 스크린, 손안의 영상.
그럼에도 나는 여전히 극장에서만 가능한
감각을 믿는다.
〈킬러스 오브 더 플라워 문〉을 보고 그걸 확인했다.
스코세이지 감독이라 가능한
세 시간 반짜리 영화였지만,
경우에 따라 그보다 훨씬 긴 서사를 담아야 하는
이야기들이 존재한다.
그럴 땐 OTT라는 플랫폼이
좋은 그릇이 될 수 있다고 본다.
긴 이야기라면 긴 그릇에,

짧은 이야기라면 짧은 그릇에 담을 줄 아는 유연함.
그리고 어느 그릇이든 담긴 이야기에 대한
존중과 애정을 계속 갖고 싶다.
OTT와 극장의 공존 모델은 앞으로 유효하다.
큰 스크린을 통해 느끼는 감동과 공감은
스마트폰이 줄 수 없는 종류의 경험이다.
나는 아직도 극장의 마법을 믿는다.
아마 그 환상이 내가 영화를 계속 만드는 이유 중
하나일 것이다.

물 같은 사람이 되고 싶다

세월은 나를 온화하고 유연하게 만들었다.
사람들은 이런 변화에 대해
'성숙해졌다'고 할 수도 있고,
반대로 '보수화됐다'고 할 수도 있을 것이다.
하지만 나는 어느 진영의 질문에
갇히지 않으려 한다.
나는 요즘에서야 비로소
외부 시선에서 자유로워졌다.
예전엔 모든 반응이 하나의 덩어리로 몰려왔지만,
이제는 가려 듣고, 흘려보내고, 곱씹을 수 있게 됐다.
그게 나이가 들면서 자연스레 얻은 선물이라는
생각이 든다.
어떤 건 욱할 때도 있지만,
'그게 뭐 어때서' 하며 그냥 지나갈 수 있게 되었다.
예전엔 왜 못 참았을까 생각했는데,

지금은 '사람이 원래 그런 거지' 하게 됐다.

나는 이제 돌보다 물이 되고 싶다.

단단한 사람이 되기보다, 유연한 사람이 되고 싶다.

흐르고, 머물고, 스며드는 사람.

너무 큰 개념은 어렵다

〈베를린〉을 찍을 때,
나는 일부러 민족·이념 같은 큰 개념을
전면에 두지 않으려 했다.
〈모가디슈〉에선 더 그랬다.
거대한 깃발보다 그 아래 살아남으려는
개인의 표정을 찍고 싶었다.
큰 얘기를 하려 들수록 아무 얘기도 못 하게 되는
역설이 찾아왔다.
개인적으로는 고민할 수 있지만,
그걸 영화에 담는 것은 아니라는 생각이 들었다.
그것도 어쩌면 〈군함도〉를 겪은 영향일 수 있겠지만
생각해보면 내 영화는 늘 거대한 이념보다
고통받는 한 사람의 표정과 숨소리에
더 가까이 다가갔던 것 같다.
나는 오히려 한 사람, 한 사람에 집중할 때

더 큰 세계가 열린다고 믿는다.
그 개인이 품고 있는 세상의 크기는,
때로 민족이나 이념보다
훨씬 넓고 깊기도 하니까 말이다.

함께 가는 길

강혜정 대표와 함께 일하면서
나는 영화 외의 것들을 거의 신경 쓰지 않아도 됐다.
"강 대표가 없으면 나는 바보다"라고 말하는 이유다.
강 대표는 내 영화뿐 아니라
내 인생을 제작하는 사람이다.
나 혼자라면 아무것도 못 했을 것이다.
우리는 서로의 차이를 장점으로 삼았다.
나는 덕분에 영화에만 몰두할 수 있었다.
강 대표는 늘 '류승완은 최고의 감독'이라고 말해준다.
서로에 대한 신뢰가 든든한 버팀목이 된 셈이다.
외유내강의 핵심 의사결정은 강혜정 대표,
조성민 부사장, 나.
대표가 최종 결정을,
조 부사장이 현장에서부터 쌓아온 경험을 토대로
세부적인 부분을 꼼꼼히 짚어주며

브레인 역할을 하고,
나는 현장을 책임진다.
싸울 때도 있었지만 감정의 골은 만들지 않았다.
친구 사이가 아니니까
오히려 감정적으로 얽히지 않는다.
좋은 각본을 만들고,
좋은 촬영장에서 좋은 숏을 잡고,
결과물이 잘 나오면 그걸로 풀린다.
결과로 말하고, 집에 돌아가면
부모로서 서로를 위로했다.
결국 생존은 혼자가 아니라
함께 버티는 방식에서 온다.
나는 내가 바보가 될 수밖에 없는 순간에도
옆에서 균형을 잡아주는 동료들과 함께
시스템을 구축했다.
그 시스템이 있었기에 나는
지금도 살아남은 감독으로 서 있다.

에필로그

그래서 우리는 어디로 가는가

윌리엄 깁슨은 "미래는 이미 와 있다. 단지 고르게 퍼져 있지 않을 뿐이다"라고 했다. 어쩌면 그래서 미래에 대처하기 쉽지 않은 것인지도 모르겠다. 류승완 감독이 던진 "영화란 무엇인가?"라는 질문을 다시 한번 곱씹어본다. 영화의 본질에 대한 답은 여전히 찾기 어렵지만, 그 질문 자체에 의미가 있을 것이다. 결국 우리는 정답이 아니라, 질문과 함께 살아가는 것인지도 모른다.

누구나 변화를 두려워하고 변화를 이야기 하는 시대에 류승완 감독에게 "30년 동안 영화계에 계시면서 많은 변화를 지켜보셨습니다. 앞으로 변하지 않을 것은 무엇이라고 생각하십니까?"라는 질문을 드렸다. 내가 그에게 던졌던 수백 개의 질문 중에서 가장 오랜 시간 답을 고민한 질문이었다. 그는 천천히 입을 열었다.

"인간을 잘 관찰하고, 인간에 대해 고민하는 태도라고 생각합니다"

장강명 작가 역시 〈먼저 온 미래〉를 통해 "우리가 새로운 가치의 원천을 찾아내지 못하면 인공지능에 기반한 사회는 거대한 '죽음이 집'이 될지도 모른다"고 경고한 바 있다. 이런 시대일수록 인간과 인간의 가치에 대한 성찰이 더 필요해졌다는 생각이 든다.

이 긴 대화를 마치며 다시 돌아보게 된다. 류승완 감독이 걸어온 길은 결국 "버티고 살아남는 법"을 찾아온 여정이었다. 그는 영화를 통해 세상과 관계를 맺고, 시대의 변화를 직시하며, 끝내 자신만의 방식으로 생존해왔다. 그것은 영화라는 장르에 국한되지 않고, 우리가 살아가는 방식과도 닮아 있다.

팬데믹, OTT, 새로운 관객 세대, AI…. 변화의 속도는 빨라지고 불확실성은 커졌다. 하지만 그럼에도 누군가는 끝내 질문을 던지고, 스크린 앞에 서서 답을 찾아가려 한다. 류승완 감독에게 영화는 단순한 직업이 아니라, 질문을 이어가기 위한 삶의 방식이었다.

관객으로서, 인터뷰어로서 나는 그 과정을 옆에서 지켜봤다. 그리고 그의 말 속에서 영화의 미래뿐 아니라, 우리가 이 시대를 어떻게 살아가야 하는가에 대한 단서도 발견할 수 있었다. 이 책을 덮는 지금, 남는 것은 화려한 답변이 아니라 질문이다.

영화란 무엇인가.

관계란 무엇인가.

우리는 어떻게 살아남을 것인가.

그 질문은 류승완의 것이면서, 동시에 우리 모두의 것이다.

재미의 조건

1판 1쇄 발행 2026년 2월 11일
1판 2쇄 발행 2026년 3월 3일

지은이 · 류승완 지승호
펴낸이 · 주연선

(주)은행나무
04035 서울특별시 마포구 양화로11길 54
전화 · 02)3143-0651~3 | 팩스 · 02)3143-0654
신고번호 · 제 1997—000168호(1997. 12. 12)
www.ehbook.co.kr
ehbook@ehbook.co.kr

ISBN 979-11-6737-626-8 03810